珠山兒女

薛素瓊 著

65年農曆新年全家於天井，置於我前面的烏榕盆栽現仍在

72年母親手抱長孫女亞嵐，左我，右三哥芳譽，後排為大嫂翁秀治、大哥芳乞

姐姐素蓮和姐夫許清土帶恭睿、家齊、家榕回娘家，與父親攝於家門口

101年二哥芳義和二嫂郭鳳華返金，家族聚餐後攝於白玉樓餐廳前

父親、母親和二哥芳義，還有楊芷欣、許家齊、亞嵐、富羽、力魁在家門口拍攝

101年五兄弟姐妹合照，左起：姐姐素蓮、三哥芳譽、大哥芳乞、二哥芳義、我

79年父親和孫兒於家門口，左起：恭睿、亞嵐、家齊、郁琪

表兄妹同攝，左起：芷欣、恭睿、家齊、富匀、芷芸

73年讀台師大夜間部五年級攝於學校圍牆外

79年母親和孫女攝於屋前棚仔腳，左起：郁琪、楊芷芸、楊芷欣、亞嵐

79年父親右抱力魁，左抱楊芷芸於防空洞前

八十幾年父親、母親獲頒金婚模範夫妻，縣長夫人翟美玉頒獎

與姐姐的三個孩子同攝。左起：家齊、家榕、我、恭睿、姐姐素蓮

我手抱兒子浩平與父親攝於大潭前

父親於棚仔腳下

80年秋天旅居新加坡的大姨媽返金，與雙胞胎楊芷欣、楊芷芸攝於棚仔腳前

表兄弟姐妹於薛氏家廟前玩耍。左起：家齊、力魁、家榕、恭睿

全家於金城富康一村，公公楊天賞甫過世，素服守孝在身

68年農曆新年與姐姐素蓮攝於棚仔腳長條水泥座

86年農曆新年表兄弟姐妹。前：芷欣、芷芸、浩平。後：郁琪、亞嵐、力魁、御書

從車站入珠山村莊道路，兩旁綠樹夾道，楊柳垂岸，正對面的黑門紅聯屋舍正是我家

以大潭為中心環聚的閩南式房屋

整修成為慢漫民宿的「將軍第」，小學同學麗羨一家曾住過

從村外進「大道宮」的小路

創建於清乾隆33年的薛氏家廟，87年再修建，93年底舉行奠安典禮

珠山23號，我從小生長的家，經過國家公園補助整修後，美輪美奐

村莊東邊出口，到靶場與海邊防風林必經的「東宮」

大道宮前的「宮橋潭」

修復後的薛永南洋樓

珠山社區活動中心，是近幾年新建的村民聚會場所

自序

有一條路通往思念

——序《珠山兒女》

回珠山的次數多了，不是因為遊走在珠山巷弄的觀光客多了；也不是珠山的民宿如雨後春筍，古典雅樸的閩式屋舍，讓人流連忘返；更不是珠山有阿叔阿娘的倚門翹盼，聲聲呼喚歸來。而是……，一顆重回兒時的思念，讓心有了方向……。

珠山，是我童年生長的地方，一棟棟青石灰瓦的屋厝、一條條幽靜折巷曲弄，還有陽光耀眼的廣場，曝曬著收割的五穀雜糧；每戶家門前成串飄揚的五彩衣裳；雞仔鴨兒到處遊走，留下斑斑雞屎鴨糞；牛鳴狗吠，劃破那如夜般寧靜的農村……。日斜黃昏，炊煙裊裊，伯仔阿叔牽牛荷鋤歸來，童稚嬉笑聲，傳遍整個村莊。依稀中，彷彿見到陶淵明筆下的「世外桃源」再現。

如今，金門國家公園覆育管理之下，珠山的古厝，一棟棟接連整修，閩南式民宿吸引前來訪勝的觀光客，遊客背著相機踏階穿巷，四處攝獵珠山的美。珠山，已一洗過去灰頭土臉的暗淡時光，搖身一變為鎂光燈前踩著台步的麻豆，為觀眾所讚賞喝采。

年長世增，從貧困童年走到衣食無缺的初秋之齡，人生的酸甜苦辣，例多嚐過，不論是職場的豐收與叫苦，戀愛結婚的甜蜜與折磨，生兒育女的溫馨疲累，一路循序走來，肩上責任例皆已成。若問人生還有什麼值得回味與留戀，夜深人靜，捫心自問，一顆懷念童年的心，直奔那熟悉的古厝溫室，懸念那孕育我成長的母胎，懷念珠山的一草一木、一事一物，原來有一條回家的路叫思念。

本書大部份篇章在敘述這個從小生長的鄉村聚落——珠山，以兒時的生活種種回憶為主，包括：提燈籠、舉火把鬧元宵；回味不已的中秋節勞軍晚會；西瓜皮醃製成佐飯的小菜；跟阿兄去耙草，摘巴樂、被狗咬的心痛；兒時的豬油渣、蚵爹製作與口腹貪婪；田野麥穗、高粱採收的喜悅；甚至從小時候怕貓，到萌生養一隻貓的改變，……等等，內容較偏重於寫景。

以近年來在金門所見而引發的感觸，有：一碗肉羹麵、聲聲慢、迎龍年、一聲謝謝、後浦小鎮、……等等，情景的描述外，重在心情的抒發。少數篇章敘述到臺灣所經歷的感想，不同的風土民情，不同的人情世故，衍生不同的因緣結果。尤其讓回家這一條路，充滿了無數的不確定感。

無法編土列地的，就歸屬於心上那塊靈土吧！你昏了嗎、夢正年輕、伴我走過迷茫、悸動……，只因我思故我在，人生有夢，有夢的人生最美。

全書是以一個兒女的心情，感恩懷念孕育自己成長茁壯的這塊母親土地——珠山。

目次

輯二　浯島采風

輯三　寶島遊蹤

輯四　隨思雜記

輯一　珠山印記

回首珠山

拜讀過李金生《雞奄山頂談珠山歷史》一書；也逐字細讀陳延宗兄《山仔兜裡探珠山》大作；更挑燈夜讀廿二本《顯影月刊》。除了對前兩位寫作前輩游刃有餘的寫作技巧，感到欣羨與欽佩，心中更有幾許的感慨。就個人窺知，近年來，拿「珠山」當寫作題材的大皆是村外的過客，想當年《顯影月刊》執金門全島史實紀錄之牛耳，主編者就是珠山本村人。身為珠山女兒，曾依偎在她的懷抱裡好長一段歲月，對她了解甚深，懷念也特別深。一股提筆捉寫她影子的衝動，不知不覺湧上心頭，並化為行動。

珠山——孕育我成長的母親，她曾喧騰繁華於一時，猶如風華絕世少婦，除了外表艷麗，尚有著豐富的內涵；它曾是金門島上最璀璨的一顆明珠。「珠山」原名「山仔兜」，擁有六百五十多年歷史的傳統聚落，其歷史之悠久、文化之豐富，是金門島上諸多村落的翹楚。她的悠久，是廿二本《顯影月刊》撰寫不盡的；她的內涵，是一枝生花妙筆難以描述的；她的美艷，更是一張舌燦蓮花難以道盡的。如今在一枝禿筆與幾許初生之犢勇氣作弄之下，回首珠山一文，疏漏與不足在所難免，只期盼將記憶中兒時的珠山，呈現在大家的眼前。

就地理位置上而言，「珠山」位於古崗村和東沙村之間。大致上分為「大社」和「小社」、「前田」三區，「大社」與「小社」以大潭和宮橋潭之間的通渠為分界。「大社」也稱「頂社」，在靠東之處，離靶場較近。「小社」則在靠西之處。「前田」在靠南之處，即靶場右邊。從珠山車站走入「小社」長長的進村主幹道路，首先映入眼簾的，除了屋舍儼然的閩南聚落外，最先看到的是豎立在路兩旁的兩根方形泥柱，泥柱上一副對聯：

珠海無垠碧波千頃
山河永固正統萬年

斑駁猶可辨識的藍色字跡，是我們兒時入村競走的終點，小小年紀雖不明白那對聯的意義，但在事隔數十年後，猶能不假思索的從口中朗朗而出。如今對聯已不見，兩側深及一尺的大水溝，經過國家公園的整建，也被填實覆蓋，栽植了扶疏花木。

入得村內，大宗祠前的「大潭」是四水歸塘的風水所在，環潭的道路是我們學騎腳踏車最佳的教練場，廿八吋高架腳踏車後座，綑綁一根扁擔，車傾倒前，扁擔先支撐著地，讓皮肉受傷降低至最小，這樣一趟一趟的來回騎，沒有大人的協助，小孩就學會了騎腳踏車。大潭四周的護欄建了又倒，頹了又建。裡面飼養魚兒，每逢假日，常見兩三個釣客享受垂釣樂趣。一到年終過年，大人捕撈魚獲的盛況，更是我們孩童探頭圍觀的樂事。有一年颱風來襲，潭水暴漲，潭裡的魚兒漫漶外溜，當然少不了我們這些趁機混水捉魚的配角上場。平時只要雨勢稍大，大潭與宮橋潭相通的閘口處，清澈的流水潺潺，更是我們小孩撈蝦捕魚的最愛地方。

「下三落」和我們家之間的「大宗祠」前廣場，白天是大人曝曬五穀的場所，一到晚上，則是我們小孩子的天堂。一個空鐵罐，就足以召集附近的小孩，卯足精力玩起鬼捉人的遊戲。一時整個廣場人聲鼎沸，呼喝聲此起彼落，要玩到筋疲力盡，大人頻頻吆喝回家，遊戲才會落幕。六十年代電視初露頭角，「下三落」承立商店，十四吋黑白電視，就成了廣場吸引人潮的焦點。《顯影月刊》中記載珠山村的千人觀戲盛況，我雖未能躬逢其盛，但大人坐椅、小孩盤地而坐，目不轉睛看那四四方方能演、能唱，又能變的電視節目，我是從不缺席的。

「小宗祠」右前方的一棵老芒果樹，每年總要結上累累又青又酸的芒果，我們總是等不及的把它採回家，偷偷的藏在米缸裡，三天兩頭的去看看它是否熟了，那流涎等待的蠢相是那樣的引人發笑。芒果樹下用水泥砌成的休閒椅，更是夏天午后，我們小孩消暑玩耍的好所在。「大宗祠」門口的螺紋石鼓和旗竿夾，成了我們攀爬練腿力的遊樂器材。如今芒果樹和休閒椅已不見，兒時戲耍和等待芒果成熟的回憶，只能在夢中追尋。

「珠山公園」位於「大宗祠」家廟之後，拾階而上，在蜿蜒的小道上，左旁幾棵濃蔭蔽天的百年老榕樹，石階兩旁迎風搖曳的花草，是我美勞課繪畫的題材。假日，常見阿兵哥攜帶女伴，儷影雙雙的出現在公園的角落，當然也成了我們小孩追逐取笑的對象，可憐他們為了閃躲我們的干擾，總是跟我們玩起了捉迷藏遊戲。「御鳳亭」位於珠山公園最高處，徐徐涼風的吹拂下，除了可一覽全村景色外，在通訊不便，依靠搭船往返台金的年代，是我們眺望料羅灣船隻，企盼親人回家團圓消息的最佳據點。

「大道公」廟口是兒時上學必經之路，還記得右側廂房住著「瘋春」和「駝背伯」，「瘋春」總是披著長長的頭髮，那駭人的模樣，比起我家屋後芳石兄養的那隻不吠不叫的大白狗來得更為可怕。經過大道公廟口，成了上學最怕的惡夢。走過宮橋潭，出了村，往東沙的方向，村口的那排桑椹樹，每年初夏，滿樹又酸又紅的桑椹，更是我們這群饞鬼上學前必先造訪的地方。

「大道公廟」左側的「下書房」是民初珠山幼稚園就讀的教室，在六十多年之前的金門，是何等的風光與先進。「下書房」曾是小學同學承春的家。印象中的承春，是個相當調皮搗蛋的孩子，班上擒畚箕當獅頭，拿掃把作馬騎，在教室就可以作亂大半天的男生，他總是不缺席的。有一次，他私自離校到金城買一元一抽的「再抽」零食回來賣給同學，導師獲知後，罰他在辦公廳把整盒「再抽」零食吃完，方可離開。我們聞知，真個是「又驚又喜」，驚的是如此重罰令人難以承受；喜的是可以享受整盒令人垂涎的美味，實在口福不淺。廿幾年一晃眼過去，再見到從臺灣返鄉的承春，已是一個勤奮有為的青年，而且還攜帶了美嬌娘呢！真個事隔三秋，令人刮目相看。

「將軍第」的主人在清朝赴大陸時，見民眾遭土匪追殺四處逃竄，因奮勇騎馬過溪搭救，於是被立為將軍。兒時「將軍第」住的是同學麗羨家，他們家永遠是乾淨整齊、一塵不染。自小是班上模範生，乖巧懂事，功課又佳的她，一襲衣裳永遠乾淨整齊，在我們這一群中是那麼優秀傑出。如今物換星移，麗羨他們家早已舉家遷移到台，「將軍第」破落傾頹，那斷垣殘壁也已失去了當年的風采。（註：現已重建成為古色古香的閩式民宿）

沒有自來水的歲月，「頂三落」門前的水井，是我們每天放學後必定報到的地方，常和三哥一前一後擔著水桶，到「頂三落」水井打一天的用水。三哥打水的空檔，我慣用扁擔丈量自己的身高，一根扁擔對我而言，竟還是擎天巨柱呢！住在「頂三落」的「侯仔」，她常半開玩笑的叫我小姐，讓我嘟著嘴巴，生氣得半天不說話。在乾旱缺水時，「侯仔」為了怕水被打乾，總在我們打水的時候，提著小水桶出來攪局，把井水打渾。好長一段日子，我們乾脆跑到大道公廟右側農田裡的水井打水。

兒時的珠山，人丁旺盛，每棟房子都住了人家，有些房子甚至兩三戶人家同處一個屋簷下，與現今十室九空，真個天壤之別。若與《顯影月刊》記載的珠山──「對門同生子」繁盛景況，那又豈是一個「外太空與地底層」之差可形容？一次與小學同學薛永妥的閒聊中，他不勝感慨的說：「晚上，大社、小社走上它十回，一個人也碰不著。」對珠山聚落的衰頹，有道不盡的辛酸。

兒時珠山全村共有三家商店、一家麵店、一家油條店，還有一間撞珠室兼理髮店。大社永嘉的「協記商店」也是全村包裹郵件收件處。我們家斜對面美華家的麵條店，早上兼炸油條。小社的芳嘉商店和芳千兄家的油條店都曾盛極一時，如今都已人去樓空。三家商店就屬與我們家隔著廣場的承立商店生意最好。每天一早，承立總是踩著腳踏車到金城辦貨，約八點時分，魚肉生鮮蔬果滿車而歸。這時全村的阿嫂、阿婆群聚而來，這個買魚，那個買肉，一時好不熱鬧，來遲了，就只能挑些較差的貨色。我們家門口正可遙望村口，老媽總是差我坐在門口守候，只要見著了承立的腳踏車從村口的下坡而來，我馬上回頭朝裡頭大喝：「承立回來了！」老媽聞聲，即刻放下手邊工作，三步併作二步往承立商店跑，為的是買塊漂亮的五花肉，或一把青菜、豆腐之類的。一到夏天，商店門口的廣場，更是擺滿了桌椅，吃熱喝涼的阿兵哥擠爆座椅，顧客川流不息，要直到夜深方歇。大部分的阿兵哥都來自「學校頂」（珠山小學原址，曾是珠山大飯店）的連隊，每到睡前晚點名，阿兵哥最常唱的軍歌是「殺漢奸、殺漢奸，消滅共匪……」，我們總是調皮的把它改成「掃安簽、掃安簽……」跟著瞎吼，想起那份頑皮，令人不覺莞爾。

自有印象以來，「學校頂」就駐紮著軍隊，它曾是金門島上學風鼎盛的「珠山小學」原址。小小年紀總以每天必須步行數十分鐘至歐厝就學為苦，想到古崗村有自己的學校，而珠山卻閒置著學校不用，心中就甚為不悅。常夢想有一天能聽到鐘聲，再三步作兩步衝進教室上課。「學校頂」後來雖收回，卻在開放觀光熱潮下，改建成了「珠山大飯店」，兒時的夢終未能實現。

「學校頂」長年駐紮著兵營，這連撤防，那連接著就駐防，永無空檔。因為駐紮的阿兵哥為數不少，每週晚間娛樂時間，成為我們小孩最關切的焦點。放映的電影內容、康樂節目表演……，成了隔天到學校與同學討論的最佳話題。在沒有聲光娛樂的年代，對一演再演的電影，也是完全照單全收，不加以挑剔的。敘述中日戰爭的「山本五十六」看過又看，小小年紀，在意的不是演什麼片子，要的是那份熱鬧的氛圍吧！有一次魔術表演，眼睜睜看著表演者，把一包衛生紙撕成條狀後放在盤子裡，從熱水瓶倒入熱水攪拌，竟然變成一盤熱呼呼的炒米粉，更妙的是他竟當場吃了起來，把台下的我驚得杏眼圓睜，垂涎三尺，只差口水沒流下來。小小年紀想不透它的奧妙之處，回家後，也常幻想著自己能擁有那魔法，直到年紀稍長，知道魔術都是唬人的伎倆後，方對那誘人魔術不再存非份之想。不過那台上吃炒米粉的畫面，卻永遠烙印在我的腦海裡，也成了我在課堂上用來唬騙學生的笑話題材。

除了「學校頂」駐紮阿兵哥外，珠山每家每戶也多多少少駐紮過阿兵哥。最為懷念的莫過於我們家曾住過伙食連的那段日子。老媽不再為開門七件事煩憂。每天清早，滿屋飄香的饅頭是催促我們起床的無聲鬧鐘，又Q又耐嚼的手工麵條，還有三餐飯桌上的「山珍海味」，更是我們放學急於回家最好的誘餌。在只有安簽、地瓜、麥糊度日的生活裡，那段「足食」的日子，成了童年最懷念的回憶。

除了伙食連外，咱們家也住過各形各樣的阿兵哥。有一個應該是聲樂家吧！清早總是到村外空曠的田野練嗓子，我們不懂什麼是「吊嗓子」，總以為那阿兵哥不是瘋了？便是腦筋「秀逗」？有一年年底，阿兵哥就在天井中，用水泥糊了一個唯妙唯肖的獅頭，原來是過年遊行舞弄用的。那時方知軍隊裡是臥虎藏龍，什麼樣的人才都有。

珠山駐紮軍隊的日子裡，大宗祠前廣場，成了阿兵哥用餐的地方，沒有桌，也沒有椅，每人拿碗筷，圍蹲著地上的菜肴，便這樣吃了起來。飯菜的香味在空氣中瀰漫散開來，吸引我們小孩在一旁等候，即使只是一小半的饅頭，抑是一小塊的雞肉，都讓我們高興得合不攏嘴，連夢裡也嘴角流香。

「單打雙停」的日子裡，家家戶戶門前的防空洞，是躲避砲聲最安穩的處所。防空洞上的芭樂樹和門前的龍眼樹，更伴我渡過童年那段青澀的歲月，多少唇齒留香回味，總要回到童年那段時光裡去尋找。美華家的防空洞，更是他們每天晚上溫習功課的教室，在冬暖夏涼的防空洞裡，別有洞天的時空錯覺，給人一種與世隔離的安全之感。苦的是防空洞生泉或是灌進雨水，我們就得一桶一桶的把積水打乾，以備躲避那突然而來的砲聲。

珠山曾是金門最為單純的一姓聚落。五、六十年代，撞球室的老劉理髮店，是全村大人小孩清理頂上三千煩惱絲的地方，老劉是從大陸撤防的軍人；薛永南的珠山洋樓裡住了姓「蘇」的人家，（珠山大洋樓是民國十七年由薛永南、薛福緣和薛永浪三兄弟所興建的，是典型「南洋錢」打造的洋樓）。洋樓左側是小學同學王永海的家；「下三落」右後側的廂房二樓，住了李淩波一家，她有一個弟弟乳名就叫「尿豬」，至今給我的印象仍深。

無電又無瓦斯的年代，珠山靶場外海沙防風林，是我們假日耙草的地方。一人一支鐵耙，身背方形竹籃，把掉落的木麻黃耙個一乾二淨，有時斬獲很少，不得不更深入防風林中，為了獲得足夠的炊柴而精打細算，勤勞的習慣於焉養成。靶場是阿兵哥練習射擊的場所，我們在防風林中耙草，眼睛搜尋的是掉落的木麻黃，耳邊聽的是呼嘯而過的槍聲。當槍聲停止，一群蜂擁而上的孩童衝上靶台，個個埋頭撿子彈殼。一斤子彈殼可賣五、六元，代工雖微薄，卻是我們零用錢的來源。有一次專為撿子彈殼，人蹲在戰備壕溝裡，聽著從頭頂呼嘯而過的槍聲，全身每根神經皆似拉緊的弦。一聽到「看靶」一聲，我們馬上尾隨著看靶的阿兵哥衝上靶台，阿兵哥數子彈中數，我們撿子彈殼。阿兵哥看完了靶，我們才在聲聲催促中，依依不捨的蹲回戰備壕溝。如此一而再，再而三，「出生入死」的感覺，至今仍令人神經緊繃，為之興奮。

離珠山車站不遠的「花園溝」，是阿兵哥長年駐紮的兵營，門禁森嚴，哨兵二十四小時站崗。在層層鐵絲網圍繞的兵營裡，有堆得厚厚的木麻黃，有綠又酸的葡萄，更有大又黃的芭樂，但也有又兇又狠的大狼狗，我們常三五成群，冒著被大狼狗追逐的危險，深入兵營耙草兼偷採芭樂、葡萄，真應了「摸蛤兼洗褲」，一舉數得。多少次被大狼狗追逐的驚險畫面，卻也成了午夜驚醒的惡夢。

兒時的珠山，是我回憶最豐富的寶庫。如今國家公園將珠山列入總體營造的傳統聚落，全村經過整修營建，嶄新的紅磚閩式樓房，矗立在村中的每個角落。村中的路面鋪設紅磚，周邊的空地也栽植了花木，環境大為改善。但大量的人口外移，十室九空成了珠山人最大的心痛，新的樓房中參雜著斷壁殘垣的無主破屋，感覺是那麼的突兀，但這不該是珠山人感到喪氣的重點。人們搬離農村，向城市集中居住，是社會時勢使然，也是人之常情，金門其他村落如此，臺灣眾多鄉鎮也是如此命運，又豈獨珠山例外呢？

珠山歷史就像一條源遠流長的大河，經過六百五十餘年的流潺，有激情處，也有低迴處，起起落落是歷史的必然法則。「珠山」它曾風光一時，也曾頹廢喪氣過，但相信只要珠山人能體驗生命共同體的意義，眼界放遠，敞胸開懷，心繫家鄉，時時以家鄉為念，珠山一樣可以再走出這長河的低迴處，繼譜過去那風華絕代的樂章。因為珠山的歷史是一條永不休止的長河……。

2003/4/22 刊載於金門日報副刊

鬧元宵

資訊發達，各種傳播媒體充斥下，除了口說、文字描述外，真實生動的畫面、圖片也在電視、平板、手機傳閱著。雖然沒有至現場親睹目視，讓人卻有如身歷其境般的寫實。在各地元宵節燈會活動競技之下，反而讓人懷念起小時候元宵節的情景。或許是有那麼些許追憶過去的情愫在作祟著，但嘗過山珍海味盛筵之後，想吃吃清粥小菜，那不也是一般人的正常反應？

珠山是我小時候生長的地方。在缺乏資訊傳播的時代，村裡舉辦的元宵節活動，無從比較，所以也是回憶中擁有的唯一。元宵節幾天前，父親就開始砍竹、劈竹，上街買五彩的玻璃紙，紮好燈籠竹架，糊上五彩的玻璃紙，一盞盎然古樸的燈籠就完成了。燈籠中間的燭台插上點燃的蠟燭，在漆黑的夜晚，份外明亮。為哥哥則準備火把，砍根約一尺長的竹管，在管口塞布澆油，火一點燃，成了一支熊熊的火把。元宵節幾天前，村中同齡的男孩，人手一支，聚眾成群，猶如過江要去劫富濟貧的義寇，在漆黑的每條巷弄中穿梭，火光像火蛇般照亮每條黑巷暗弄。一陣奔竄後，大家集合在大潭廣場上，猶如戰爭凱旋歸來的軍師。熊熊火光在嘶叫吶喊嘶的助威下，充滿了俠氣與熱鬧，一時聞聲出門觀看的不少，為元宵節活動掀開了序幕。

元宵夜，吃過晚餐後，孩子們提著各式各樣的燈籠，一個才一兩塊錢的「潤餅燈」，便宜又收藏方便，成為小男孩和女孩子的最愛。大男孩則點燃上火把，原本漆黑死沈的村子，在點點火光如流螢般的穿梭下，夾雜著一聲一聲的鞭炮聲，整個村子彷彿從沈睡中甦醒過來。大人忙完家事後，母親準備三牲五果到「大道公宮」拜拜。「大道公宮」是珠山鄉民精神信仰中心所在，平日初一、十五香火鼎盛，善男信女進廟拜拜絡繹不絕。元宵夜，更是擠滿了人潮，大人拜拜祈願乞龜，小孩們提著小燈籠在人群中鑽來鑽去，除了在人群中要設法撥出通路外，還要小心翼翼守護著燈籠中的燭火不滅。

調皮的我們玩久了，覺得無聊了，竟興起了壞念頭，在護著自己的燈籠下，還耍心機設法去破壞別人的燈籠，讓他的蠟燭傾倒，紙糊的燈籠瞬間燃成灰燼，看他搥胸頓足，懊惱不已，我們卻在一旁稱快叫好。「有仇不報非君子」，覆燈之災也降臨在我們自己的身上，如此交戰整晚，換上五、六個燈籠是常有的事，所幸過年的壓歲錢尚足夠應付這意外的損失。

今年，珠山元宵節活動預告，早早就上了新聞頭版，一顆按捺不住的心蠢蠢欲動，讓我當日午後就趨車直往珠山。進得村口，但見兩旁的燈籠高掛，一支支塑膠環保瓶外貼剪裁色紙圖案的燈籠，連串成排，懸掛半空中，直達廣場。主辦單位的創意巧思，用心可見一斑。廣場中間，一匹由塑膠瓶組合而成的白馬，奮然揚起前蹄，作躍然飛跑狀，大有開拓美好前程之氣勢。看台上大獎小獎林立兩旁，是猜燈謎的活動所在。活動中心一些熟識的阿嬸阿婆，正滿手滿臉白粉，忙得不可開交。有的揉粉，有的搓湯圓，有的下鍋煮湯圓。我側身其間，也捲起袖子，洗手搓湯圓，邊搓，邊跟婆嬸們聊天。兒時童年的回憶，像被挑起的畫作視窗，在眼前一一播放。不覺感嘆時光匆匆，看著村中一棟又一棟嶄新美觀的閩式房屋矗立眼前，也看到新屋中，錯落著斷壁殘垣破屋，心中一半是喜，一半是憂，其中更帶著些許的黯然神傷。在忽明忽暗的時光隧道中，珠山這個聚落，一步一腳印，如同其他社區一般，全村村民凝聚心力，戮力與共，正穩健踏著先人傳承下來的步伐，一步一步朝著希望的未來前進。

夜幕低垂，燈籠一一發出閃亮燈光，將整個村子點綴得燈影繽紛，煞是好看。吃湯圓、猜燈謎活動陸續掀起了活動的高潮。在寒風蕭瑟中，小朋友手提燈籠夜遊珠山村景色；大家圍聚一起，爭搶著猜台上的燈謎，大獎小獎一一落袋。滿載而歸者，一張嘴笑得合不攏，沒猜著的，也在聲聲的加油中，期許努力在明年。

如今，大街小巷中，火把和點燭火的燈籠已不復見，燈籠裝上了電池燈泡，沒有了意外走火的挑釁，更沒有風中殘燭的擔憂，提著一支各種生肖造型栩栩如生，五顏六色，甚至還有美妙聲樂的燈籠，不管如何搖晃甩動，都不必憂懼燈火會熄滅，美則美矣，但似乎缺少了那丁點的頑活與趣味。物阜民豐的太平盛世，各社區的元宵節活動，除了賞燈，轉而用猜燈謎拿獎品、搓湯圓飽口福的方式進行，提燈籠已成了側旁妾身。在電力充足燈火通明，路燈、霓虹燈閃耀夜空的環境下，小小的燈籠已不如過去的明亮吸睛，這是時代改變告訴我們的事實啊！讓人不覺懷念起那小小搖影燭光，帶來的溫暖童年時光。

佛門內外

個性沈默的父親，言談中總是少了些許對未來的籌謀計畫，多了幾分追憶過往的沈思；母親則終日掐算明日的米缸，灶上的油鹽，鮮少與我們談過去、說將來。父親如一支錄音匣，多少家族的歷史和紀錄，還有我們童年的過往種種，都是從他嘴邊潺潺而出。

父親讀過幾年私塾，雖屬略識文字之輩，但每逢過年，村中登門求揮毫寫春聯的，亦不在少數，他也以此為樂、為榮。滿地紅艷艷的春聯，把大廳紅磚地板鋪排得寸步難行。他常一邊揮毫，一邊哼著小調，頗有陶然自得之樂。有時，我也會湊上小手，幫忙牽拉長聯，讓他順手一揮即就，並幫忙找空隙鋪排未乾的聯紙。

母親不識字，但識字的父親，為我們兄弟姐妹命取的名字，並沒有比別人的名字更具哲理與意涵，可能緣於族譜排序與當時的觀念所致。醫學不發達的年代，認為孩子的名字，越是粗俗卑賤，越

是好養照護。如今嬰孩死亡率降低，孩子的名字，要出類拔萃，要與眾不同，除了可以彰顯命名者學識外，還可以恢宏擴展孩子未來的發展與成就。多次的經驗，對初次上課的班級，點名簿是需要先做功課、翻字典的，否則課堂上被孩子糾正，貽笑大方是常有的事。艱澀冷僻的字，一如禁錮脫韁的騰龍駿馬，命取富哲理學識的名，已成了當今命名的趨勢。

我的名字有個「素」字，說起「素」，大家腦海裡一閃，一定脫不了與佛門有關。父親的說法，我出生是掛佛珠來投胎的，前世應屬佛門之人，但後來再聽他詳說，才知所謂的「佛珠」指的是臍帶繞頸。嬰孩出世，這種臍帶繞頸之例，應不少見，兒子亦屬臍帶繞頸出世。臍帶繞頸即是掛素珠投胎，或許屬無稽之談，但兒子心慈意善，細膩體貼過人，與時下一些青少年的心殘意暴，其迴異卻是立可判別的。

掛佛珠出世，雖不可盡信，但自小就不屬魯鈍粗暴的個性，外表上雖不免略顯倔剛理智，但內心實屬慈悲柔弱，常為週遭人事物所感動而淚下。雖有一顆慈悲善良之心，但「茹素」、「入教」之念，卻從未在腦中閃過。即使喜菜厭肉，亦不改葷食的飲食習慣，緣於不喜為自己畫地自限，增添炊食烹調的麻煩。總想一切隨緣，隨遇而安，有什麼就享用什麼。

不入佛門，也不信教，常自嘲是屬「睡覺」之徒。總認為世間宗教無不皆在勸人為善，擁有一顆善心，即使不入教，亦比滿嘴教經，但幹的盡是些喪盡天良之事好些。皈依宗教是心靈的寄託，那是無可厚非之事，但花過多時間在其儀式踐履上，以白駒過隙人生，實屬不符經濟效益，除非人生所餘時間過多，找不到更好的方式消磨。

人生的機緣實難預測。六個禮拜的主任儲訓結束，綑紮整理行李，準備返金之際，心血來潮，去電給乾妹則錞，才知他們一家子正準備啟程南下，當下棄了返金之念，風塵僕僕與他們搭高鐵直奔台南。一座離高鐵站十分鐘內車程的寺廟，四周盡是農田果樹，百尺之內一無農舍住宅。廟內住持師父一身仙風道骨，對我們的遠道而來喜形於色，道盡了歡迎之意。正逢農曆七月鬼門開，大家忙著普渡好兄弟之事，我和乾妹一家人入住其寺廟禪室。莊嚴的大堂，供奉著大大小小數十尊佛像，沒用心的我，總是禮過即忘。堂內終日播放著喃喃佛音，聲傳甚遠，連睡臥的禪室內，亦聽得一清二楚。

撇下所有的雜念瑣事，淨空一切，就在那莊嚴肅穆、梵音渺渺的寺廟裡住了兩晚，夜夜酣睡至天亮。即使在白天，大家準備上百普渡桌，忙碌身影與吵雜聲響，不時在眼前耳畔穿梭迴繞，但沈靜之心靈，頻頻向酣睡之神靠攏，讓我彷佛尋得了安穩的娘胎。比之在家的寂靜之夜，心中罣礙著明日工作，想著一事未成，擱在心口上沈悶的壓力，即使數遍蒙古大草原的羊群，亦輾轉反側難眠，兩者實在是有著天差地別。

不信教，看法師作法如看戲，視念經、抄經為曠日廢時。在宗教領域上，雖屬不盡信之徒，但內心深田，卻仍有著皈依之感，常能尋得一方沈謐寧靜之境。或許正如父親說的，前世是佛門之人，上輩子吃齋念經禮佛是課業，今生秉持舊業，掛佛珠來投胎轉世，只是不知這回要完成的又是哪一門功課？

2011/8/20 刊載於金門日報副刊

花劫

保守又傳統的母親，對她說的話，總是脫離不了遵守禮教的啐啐唸，吃飯如何持筷端碗，言談行止，甚至坐相睡姿都應守閨秀分寸。母親的話，像三、四十年代跳針的唱片，每天在她耳邊一遍遍的迴響著。

「別人送的花兒，不能親手去接。」母親總是一再如是對她說。

醜小鴨一隻，一頭膨亂發黃的卷曲頭髮，塌扁的鼻子和類如鼠目的三角小眼，她一點都不美。同是愛作夢的年紀，她卻不像同齡一般女孩，每天歪頭支腮幻想白馬王子翩然而至。偶爾端凝鏡中的自己，再兩三年就是一朵花的十八姑娘，屬這個青春洋溢的年紀，周邊到處是如花似玉的閨友，她們個個是舞台上聚睛的主角，她應屬一旁持牌提壺的灰姑娘，通身找不到一絲吸睛的亮點。文靜乖巧大概是她身上唯一可尋得的好處，不爭不吵的個性，恍如清新的空氣般，讓人感覺自在放心。

炎炎夏日，屋外蟬聲嘶嘶，一陣一陣，屋內酷熱如炊籠。午後，大地陷入一片昏昏欲睡。飯後，父親早就呼熱搖扇到屋後大樹下尋老友聊天去了，母親也揣著一身溼淋淋衣服，找隔鄰嬸婆串門子去了，任憑鍋瓢碗盆油膩滿滿一槽。屋裡只剩她一人，大門敞開著，護龍廂房外一小方天井，仰頭可覷得的一片藍空，還有穿堂而過的徐徐涼風，房門口一張吱呀作響的老舊竹躺椅，是這屋內唯一的涼爽桃源。她，躺在竹椅上小寐，一屋子安靜得出奇。

一個翻身驚動，半瞇眼縫，竟瞥見眼前一個人影，五步之遙，站著不就是住在隔鄰小她一歲的男孩嗎？兩隻眼睛正死盯著她身上瞧，睏意正濃的她，母親常叮嚀女孩該有的分寸，讓她不假思索的連忙起身，跑回自己的房間，躺平床上續睡，這回恍如船隻覓得安全的港灣，繼續下錨停泊。錨越下越深，夢越沈越深，恍惚中，腳趾間有什麼在抽動著，猶如一條溼滑的長蛇，正使勁的尋覓鑽身的洞口。她，猛一驚醒，床尾，男孩正用手指在她的腳趾間來回抽動著。

男孩一見她睜眼，慌忙跌跌撞撞衝出房間，她，緊追而出。簡陋的客廳，一張木頭方桌，兩條長凳子，男孩坐在門檻上，女孩坐長凳椅一端，沈靜數分鐘後，女孩問：「人家在睡覺，你在做什麼？」男孩不發一語，濃厚的呼吸聲中，有鼻涕欲流未出的阻塞聲。突地，男孩衝向廚房，女孩一嚇，下意識警覺，連忙拔腿往外跑。

熾烈的火球正在頭頂當空耀威，屋外也靜得出奇，連蟬聲也歇睏停嘶了，四周杳無一人。女孩跑啊跑，最後停步在一面照滿午時炙陽的牆壁前，心底疊生的驚恐，讓她彷彿惹犯了瘧疾般，三條被子也趨不走那渾身的寒意。時間好像被施了魔法，定格停止一般，有若一世紀之久後，女孩像一隻驚弓之鳥，懷著一顆忐忑的心，慢慢的踅回家，一屋子空蕩蕩，男孩不見了。女孩弓身瑟縮在飯廳椅上，祈禱著母親趕快回來。

女孩將經過一五一十的告訴母親，哭啼吞吐的話才說到一半，男孩衝了進來，一個撲身，就跪倒在女孩面前，滿臉的淚漬，一句話也吐不出。女孩慌了，坐在一旁的母親，像拍了驚堂木的衙門知縣，一字一句鏗鏘有力，如警世洪鐘：「這回原諒你，以後不可以再這樣，要不然就要告訴你父親。」男孩嚎啕哭出聲，長跪不起，最後在母親的規勸與扶持之下，男孩才轉身躑躅回家去。這一轉身，男孩和女孩成了世間陌路人，路上碰著面，也裝作不認識，即使兩家相鄰而居。

偶然丟擲入池，激起陣陣漣漪的石子，終於靜沈池底，事情好像沒發生過一般。女孩，還是醜小鴨一隻，頂著一頭膨亂卷曲亂髮，常歪頭支腮，想不透這莫名其妙招來的花劫因緣何在？一日裡，瞥見防空洞上繽紛恣放的小白花，循憶追蹤蛛絲馬跡而去，才猛然驚覺……，原來事發的幾天前，她從同學阿嬤的手中接過了一朵淨白、香氣馥郁的玉蘭花。

一朵香溢的小花，招來一場莫名的花劫。母親的話或許是對的，花是不能隨意親手亂接的，猶如不是每一樁愛情都是甜蜜的，有些是必須付出沈痛代價的。

2011/11/25 刊載於金門日報副刊

父後六年

今天是老媽走後兩千四百廿二天的日子，也是老爸走後六週年忌日。上天恍若有知，一改連日來的晴空與高溫，換成了天陰雨綿，氣溫下滑，冷冽低迷的氛圍瀰漫，一如我思念老爸、老媽的心情，在晦暗的情緒谷口彳亍徘徊。

六年前此日，老爸在老媽走後不到八個月，也追隨老媽雲遊天國而去。猶記得2000年跨年夜，體育館大排長龍索取千禧年紀念幣的畫面，一晃眼，如乘坐時光機般，竟悄悄來到了2011年尾。十年前的記憶彷如流風，猶在耳邊呼呼作響，六年前的往事，更如昨夢般，浮掠眼前。那天已退休的老姐，在各種因緣際會之下，渡海到廈門問三姑，竟意外的尋得老媽的魂魄，回來訴說給我們聽。想念老爸、老媽的心，頓時如吹拂而起的秋風，緩緩穿流，徐徐不絕。

子不曰怪力亂神，向來對鬼神敬而遠之的我，此時寧可相信真有人鬼通靈之事。老媽說現在跟老爸住在一起，雖然他們生前向無好話可說，但人的脾氣與個性是會隨時間而改變的。就像年輕的我，有如一枚導航精準的飛彈，爆衝力破表，炸傷力十足。但隨著年歲增長，現在飛彈會轉左，右拐也是常有的事。如今身在秋林之境，處事待人常存「都好」的想法，畢竟人生苦短，凡事難盡善美，又何苦再責難旁人，給自己增添愁苦呢？

老媽說她的手腳全好了，能夠行動自如，這真是太令人欣喜了。七年的癱瘓臥床，她的生活圈就只有那狹窄的房間，連客廳也不願去。初始還為她準備了輪椅，想抱她坐輪椅到客廳看電視，但個性剛毅倔強的她，堅持不出房門一步，讓我們為之束手無策。她的坐臥之處，除了床，就是那張靠背椅，每天晚上將她抬坐椅上，短短不到一小時，是她除了床以外的另一個姿勢。如今聽說老媽的手腳全好了，能夠行動自如，那消息比之中樂透頭彩還令人振奮。千金難買健康身，一個人若能吃、能睡、能走，那就是一件幸福不過的事了。倘若沒了健康的身體，空有金山銀礦，空有豪宅美妻，人生的價值已減半，奢談什麼生命的意義？

老姐說您們現在的生活無憂無慮，什麼都不欠缺。您們的一生可說是嚐盡苦頭，老爸耕田種菜，一年忙不完的旱作農事；老媽為人幫傭、洗衣、磨豆漿、養豬、……，為了一家柴米油鹽生計，愁白了三千髮絲。記得最早的一張全家福照片，年輕的老媽，兩條烏溜溜辮子垂至肩下。那是全村集合在廣場，每家每戶排隊拍攝的全家福，您們坐中間，大哥一襲泛白的太子龍制服，二哥和老姐、三哥皆站在您們的後面和左右兩側，唯獨尚未入學的我，站在您們中間，脖子上圍著老媽為我親手繫上的褐色絲巾，打著一個大大的蝴蝶結。每個人皆是一臉誠懇，一副鄉下人的憨厚相。空氣中瀰漫著戰爭硝煙，人人不知「照相」為何事的年代，那一幀珍貴的全家福黑白照片，如今雖不知遺落何處，但它卻深深烙印在我的腦海中，永不磨滅。

老媽說我們兄弟姐妹要常往來，關係才會親密。小時候，兄弟姐妹吵吵鬧鬧，有時難免橫生齟齬，但一家人不分離，成了互相倚賴的親人。直至渡海離家念書，方知兄弟姐妹要齊心，要互相照顧。猶記得第一年隻身在外的無助與孤獨，哥哥一句：「阿兄會照顧你」，讓我有如吃了定心丸，頃刻之間，覺得天下無難事，即使在異鄉謀生困難，註冊費籌措艱難，但展現在眼前的卻是一片曙光。後來兄弟姐妹各自成家，為工作、家庭忙碌，漸漸少了往來，再加上您們相繼離棄我們而去，祖厝在經過整修之後，又外租他人，兄弟姐妹要再聚首敘舊更難，只有您們的週年忌日才有機會。若是逢上班工作日，要全部到齊，那也是一件難事，總是缺二少一的，每個人都各忙各的，關係也就愈來愈疏遠了。

六年時光如梭，原以為生死兩隔，思親濃情也會隨時空而趨淡轉薄，如今這意外捎來的訊息，方知親情的血緣臍帶，雖陰陽兩隔硬生被切，但思念牽掛的無線情網，卻綿密深長的網住了天上人間的我們彼此。願世間兒女珍惜父母健在的日子，即使沒有華屋美園，盡的是菽水之養，一家人平安團聚就是人間最大的幸福。期盼風兒能捎去我深深的思念，願天上的老爸老媽永遠安好。

2011/12/16 刊載於金門日報副刊

搖到外婆家

現在，外婆家是五分鐘車程的鄰居；兒時，外婆家在天之涯、海之角。

交通的便利，縮短了兩地的距離，卻也削弱了情感偎倚的悸動。回憶，在相簿裡漸漸失去了對焦的想望。

外婆家在頂堡，也是金門人稱的「半山」。「半山牛」是父親用來對母親蠻橫不講理的洩忿之詞。母親排行老么，除了她，還有長母親十來歲的大姨媽是女孩，舅舅就有很多個，但我識得的只有二舅和三舅，五舅則是在他已屆不踰矩之齡，返鄉探親才得以認識的。外婆家矮短個兒的遺傳，一米五、六左右的身高，不論是男或女，個個是重聽，說話的嗓門是超大的，連母親也不例外，不知是否遺傳所致？

桃園前慈湖拱橋

小時，常跟母親回外婆家，但從未見過外公和外婆，應是在我識人之前就已下世。常年在廚灶打轉的母親，少了朝九晚五工作的牽絆，每隔一陣子就會帶我們回外婆。當年家庭生養的孩子像階梯般，一個一個排列井然有序。表哥、表姐一個接著一個男婚女嫁，殺豬宰羊拜天公，好不熱鬧，樂壞了我們這群蘿蔔頭，跟前跟後炒作熱鬧。這種比放假還享受的事兒，跟母親回娘家，成了童年回憶裡最愉悅的扉頁篇章。

頂堡村落不小，廟宇宗祠也不少，村民精神寄託的神祇，一年到頭輪流著奠安作醮，這種在農耕社會，視為神聖不可欺犯的大事，全村莫不卯足全力，炊糕裹粽祭祀慶祝，母親回娘家成了日曆上早已劃記的日子。外公和外婆的忌日，也是日曆上早已戳記的日子。兩人的忌日都在下半年，農曆八月十六，中秋節次日就是外婆的忌日。月圓中秋，歡慶過節的食物禮品，在我們垂涎之下，隔日大部份都成了母親回娘家的伴手禮。母親總是一手提著禮籃，一手牽著我的手，像劉姥姥進城般，急匆匆的趕著很久才一班的公車，連轉兩趟才抵達頂堡。

一路上，母親千叮嚀萬交代，到了外婆家要喊二舅、三舅，叫二舅媽、三舅媽，招呼三嫂、二嫂。母親的話，一句一句如悶雷般灌進我的耳朵，然後在心底深處一聲聲的轟然碰響。二舅還好，有點瘦削蒼白的臉，見了人，雖然缺了那份與人把臂言歡的熱火勁，但至少是和藹沈默，不令人害怕的。三舅就不同了，兄弟倆雖是同樣的個兒，但三舅的肩膀像失了衡的天平，一高一低，彷彿攢不住這人世的權勢冷暖，不時要向人言宣心中的憤憤不平一般。濃厚粗重的嗓門，道明了他是家中權重聲威的頭兒，與沈默寡言的二舅相比，他使我成了畏縮一角的羔羊，把驚恐害怕寫在臉上。

交通不便的當時，大多是本地通婚，鮮見外地來的媳婦。表二嫂卻是個特例，一口「臺灣腔」，聲如黃鶯出谷清脆，白皙的皮膚和燙過的短髮，比鄉下姑娘多了一份都市的識體與知書味。表三嫂則是家中的掌櫃者，出言鏗鏘有力，辦事圓融亨通，猶如紅樓夢裡的鳳姐，一張舌燦蓮花運籌帷幄，張羅一家子，猶如將帥佈棋派兵，令個個都敬畏臣服。

生性內向又自閉的我，猶如學習障礙的學生，面對那一大串禮數的艱難功課，成了心底跨越不過的鴻溝。回外婆家，總是在半喜半憂之下，讓我望之怯步，躑躅再三。雖然排行老么，理所當然成了母親的小跟班，但是每回水裡來火裡去的漸溜，仍是改不了怯生生的個性。在陌生的環境，常像橡皮糖黏附在母親身旁，一刻也不敢稍離，深怕稍一閃神，母親就拋下我消失不見。

頂堡有一間金西戲院，直到六、七十年代，還上演著電影，成為當地阿兵哥休假娛樂消遣去處。回外婆家常去看電影，長條的白色椅子，是由一條一條的木板條釘成的，沒有「對號入座」這個名詞的年代，大家偎擠一張長條椅，人數不拘。遇到大人想看的片子，舅舅、舅媽領軍，一支浩大的觀眾隊伍，長驅直入電影院。大人神馳在電影情節裡，小孩們爬上爬下，跑東跑西，看電影當成逛大街，擾擾攘攘中，有一段沒一段的看完電影，成了回外婆家的一頁回憶。

有大人買票帶進場並不是常有，雖然一張票才一、兩塊錢而已。淘氣的表哥們，扮起地盤牛魔頭教我們使壞，我們學會暗牽前面陌生大人的後衣角，騙過剪票員進場。看一場沒長鼻子的免費電影，是兒時回外婆家幹下最大的壞事。

看什麼電影？「王寶釧」是我與母親一起看過，唯一留存印象的電影。苦守寒窯十八年，癡等薛家薄倖郎的王寶釧，淨賺了不少母親的眼淚。懵懂不知的我，卻只留下王寶釧在原野採拾野菜，她身上的白衫在眼前飄啊飄，久久不散，猶如現在，母親的身影在腦海裡迴啊繞啊……，久久不忘。

2012/4/9 刊載於金門日報副刊

蚵嗲與我

坊間常見賣「蚵嗲」的招牌，「蚵嗲」兩字雖然已成為共通語，但「嗲」這個用電腦打出來的字，實在無法呈現「蚵ㄉㄝ」正確的讀音。翻遍字典，沒有「ㄉㄝ」這個字，與它發音最近的「的」，只能算是它的表親戚，仍是隔了一層肚皮。每回碰上介紹這個「ㄉㄝ」字時，總是要費一番工夫才得以說清楚、講明白。

本土語言盛於國語的年代，每個人都有一個乳名，姓名是學校老師叫的，目不識一丁的爸媽，叫孩子都是：「阿貓」、「阿狗」、「番薯」、「甜糕」、「牛屎」……，漫天大喊一通，聲響之大，全村子皆知。那個年代，叫得出一個人的乳名，但未必識得他的姓名，乳名與姓名是八竿子打不到的大河兩岸。那是一個教育水準不高的社會現象，與當今在課堂上問學生的乳名，他們一頭霧水，兩種景況真是大相迥異。

98年農曆新年攝於林務所

我家住在鄰近靶場的珠山聚落，是閩南式的一落古厝，右廂房旁加蓋了一條護龍，護龍前一座灰瓦棚，成為我們小孩雨天活動的空間，棚下一座簡易的水泥灶，是父親和母親炸蚵嗲、賣春捲皮，全家賴以為生的「傢伙」。沒有固定工作收入，看老天爺吃飯的年代，家中食指浩繁，求生意志猶如石縫中的小草，見縫就鑽；只要能鑽營生計的工作，無所不試。家中長子、長女常犧牲自己，成為弟妹的墊腳石，大哥就是一個實例。

蚵嗲的做法，大家皆耳熟能詳，材料與潤餅的內容大同小異。廚藝甚佳，開過小吃店的母親，總是在傍晚時分，將切成細末的蒜仔、芹菜、高麗菜、紅蘿蔔……，裝在米籮裡，然後灑上胡椒粉、調味料拌勻，準備給父親下油鍋炸蚵嗲。我們兄妹幾人放學後，挽袖磨米漿，米是母親前晚浸泡過夜的。

黃昏時刻，或是靶場傳來一聲聲槍彈聲，父親的蚵嗲就下鍋了。兩支蚵嗲杓是父親自己打造的，與那重如鉛塊的春捲平底鍋，大半時間都是灰僕僕的躺在床下，只有海蚵盛產炸蚵嗲，或清明時節賣春捲皮，才派上用場。父親會先在油鍋裡燙熱蚵嗲杓，然後在杓底塗上一層米漿，將蚵嗲材料在杓上堆尖如山，山頂置放幾顆海蚵，最後再淋上一層米漿，將蚵嗲材料密密實實的封住，這樣就可以下鍋油炸了。

炸得金黃的蚵嗲剛起鍋如燙手山芋，卻讓人愛不釋手。我總是在蚵嗲頂上戳一個小洞，澆灌上母親調製的蒜頭醬油料，然後吃得兩手忙疊換，滿嘴油，直喊燙。不過那美好的經驗並不多，因為炸好的蚵嗲，常是一個一個堆疊在小桶子內，上覆乾淨布，被父親或大哥提到靶場，一個五角、一元的販賣，蚵嗲的香味招引阿兵哥如蜂擁至。生意好時，父親會提著空桶趕回家，再炸第二輪去賣；生意差時，帶回來的半桶蚵嗲，一個個彷彿失了容光的病人，表面坍塌起皺，憔悴不堪，讓我也難勾起食慾。只有回鍋再炸，其表皮才能再恢復其酥脆的口感，但比第一次起鍋仍是遜了一著。

阿兵哥人數銳減，珠山靶場封場，再也聽不到練習打靶的槍聲，我家的蚵嗲也成了絕響。多年後，離鄉求學、結婚生子，父親母親相繼過世。每回經過金城市街貞節牌坊，看到觀光客大排長龍，等候品嚐金門蚵嗲美食，總是讓我橫生感觸萬千。偶爾我也會停下腳步，買個回味回味，價格比小時貴是毋庸置疑的事，但大量製造需求下，品質與口感如何再登極頂？答案不言而喻。

自古文人相輕，同行相忌，賣瓜總是自賣自誇，自當有其道理。吃過那麼多的蚵嗲，母親巧手攪拌的食料，配上獨家的米漿裹皮，還有父親油鍋火候的控制，蚵嗲成了我童年最美好的味蕾記憶。

除此外，尚有一段鮮為人知的軼事，與我的乳名有關。父親與母親雖未提及，但兄姐常常自作聯想，閒暇之時，成為調侃我的話題。我的乳名叫「美ㄉㄜ」，乍聽之下，與「美的」彷彿同孿雙生子，但仔細推敲，兩個仍是隔了好幾重山。讀小學時，曾遇過「外貌協會」會員的老師，選拔校外比賽選手，寧取外貌，也不願正視我的聰穎強記，雖然後來亡羊補牢，換我上場，但造成的心靈傷害至今仍未消弭，也成為我現在為人師表的警惕。從此等小事可知，相貌平庸的我，是與「美的」兩字攀不上關係的。若硬是要攀親附戚的話，應該是跟父親炸的「蚵ㄉㄜ」有關。在父親的眼中，他的拿手絕活「蚵ㄉㄜ」應是人間美味，無人可出其右，他為女兒取名「美ㄉㄜ」，應該是期待他的么女，能一生平順美好，一如他的絕活「蚵ㄉㄜ」一樣。

2012/4/22 刊載於金門日報副刊

養一隻貓

小時候，三餐不繼的年代，貓是來來去去的流浪客，跑到了哪家，就算是哪家養的，沒有人會自己認為是貓主人，跑去向人索回貓這件事發生。偏偏貓這種動物，是戀吃戀住，不戀人的勢利眼傢伙，牠不像狗，狗忠心耿耿，不會嫌貧愛富，對主人總是不離不棄。印象裡，養過幾隻狗，那是結婚出嫁後，應孩子要求的心軟錯誤。但養貓這檔事，尋遍家族內外史紀，沒有留下任何蛛絲馬跡的記載。小時候，我們家不曾養過狗，幾隻平時神龍不見首尾，吃飯時才出現的貓，雖然牠們總是準時報到，但我從來沒把牠們列為家族成員之一。除了貧困生活不允許外，對貓的印象不佳，兩隻眼惡溜溜的，見了人就要逃的賊模樣，終年抓不到幾隻老鼠，但偷吃食物的本事，卻讓人傷

大學同學汪淑貞家養的貓——柑仔

透腦筋，尤其是在冰箱這玩意兒還沒出現的時代，再密的桌罩，也難保食物能全身而退，逃過被貓偷吃的浩劫。這是我厭惡貓，把牠當作拒絕往來戶的主要原因。

七、八歲的年紀，一個溽暑傍晚，夜幕正在屋外慢慢的兜攏，一屋子靜悄悄的。從田裡牽牛回來的父親，摘下頭上斗笠，一邊搧風，一邊往井邊洗手腳去了。從灶房鑽出來的母親，把一鍋熱騰騰的稀飯往桌上擱，也是一邊擦汗，一邊嚷熱的往屋外走。姐姐收了晾曬的衣服，正在屋外棚頂下摺疊，哥哥從下午就不見人影。我一個人坐在穿堂飯桌前，一陣一陣涼風，在穿堂之間穿梭著，為這燜曬了一天的屋子，帶來了一絲涼意。斑駁老舊的木製圓桌上，一鍋滾燙的稀粥，黃色的刨簽地瓜摻著稀疏的米粒，正冒著熱煙；一堆乾扁的帶殼花生，是今年夏天的收成。一碟醃漬西瓜皮，還有幾條乾煎黃夾魚。我是第一個上桌的人。

坐在高高的圓凳椅上，兩隻搆不著地的腳，隨著冉冉上升的鍋裡熱煙搖來晃去，望著那幾條乾煎後再燜燒醬油的黃夾魚，我數了數，五個指頭剛好用完，再數了數父親、母親、大哥、……，一共……，咦？一個人分不到一條。又扁又小的黃夾魚，滿身的細刺，是早上外村賣魚阿伯來叫賣，母親聞聲跑出去買的。母親總是淨揀簍子裡最便宜的魚買，父親說「牽網」的黃夾魚最新鮮，哥哥姐姐也說有魚吃就很好了。多刺的黃夾魚，我和三哥只能共分一條，平時總是他吃完一面，翻身後再給我吃。今天我終於可以先動筷子了，我興奮的擒起筷子，正準備下箸。「喵嗚…喵嗚…喵……」，一聲聲的貓叫聲由遠而近，就在頭頂上，聲音是從屋頂上傳來的。

我的腦海閃過貓迅捷身影，一躍就上屋頂的畫面，心頭一驚，擲掉手中的筷子，顧不得其他，雙腿往桌上一蹬，兩隻腳就直挺挺的擱上了飯桌，一鍋熱粥被搖晃得差點溢出來，兩碟小菜更被突如其來的撞擊，濺得湯汁四溢。說時遲，那時快，一隻虎紋大貓已翩然在桌下喵嗚喵嗚的叫著，我一臉驚駭，兩手無措，直視在桌底下來回磨蹭的大貓，聲音淒厲的喊母親、叫姐姐，恍若世界末日來臨……。

對貓的懼怕，莫名得不知所以。讀高中時，哥姐都已赴台求學，鐵製的大床成了我和母親獨享的睡榻。那年秋天，定居新加坡的大姨媽要返鄉探親，母親喜滋滋的張羅著準備迎接，甚至向屋後的芳石大哥商借睡房，芳石大哥是村中少有在教育界任教的老師，芳石大嫂更是人人口中的「先生娘」，一屋子總是打理得窗明几淨，一塵不染。有著滿書櫥的書，散發書香的房間，成了大姨媽返鄉那幾天，我的夜宿之處。雖然幾天能啃蝕的書不多，但能在那麼雅致的房間，聞著書香入夢，就讓我非常的雀躍興奮。

入夜後，屋外一片寂靜無聲，只有隔房的夜燈透著絲絲微光。半夜裡，翻了個身，睡意朦朧中，聽到一聲聲哭泣聲，豎耳細聽，絕不是狗吠，也不似貓叫，更不是隔房孩子的夢囈聲。仔細再聽，彷彿被遺棄的嬰孩孤魂，哭著索奶，哭聲有一陣，沒一陣，斷斷續續，時遠時近。近時，彷彿就在房門外，向人催討著要人開門，哭了一陣，得不到回應，只好悻悻然離開，哭聲才漸遠。這就樣一趟一趟來回，誓不罷休似的，嚇得我身上的毛孔全豎張起來，睡意全消。使命的摀住雙耳，裹緊被子，把自己悶出渾身汗來，好不容易捱到天明……。隔天，我抵死不從，寧可在家打地鋪，也不願再踏進芳石大哥家一步。

多年後，知道那是貓兒夜裡叫春的聲音，對貓的厭惡，突然像被吹漲的氣球，瞬間膨脹了數倍。自此以後，對貓的厭惡更是有增無減，甚至視如仇敵，見著了，恨不得踹牠一腳。近年來，常四處遊蕩訪友，一次在同學家，看到了兩隻嬌養的貓，吃的已不再是過去的剩菜殘飯。同學清晨洗臉，牠們也會趕緊來湊一腳，用腳掌撥水洗臉，愛乾淨之程度，讓人看了不覺為之莞爾。喜歡窩在同學的懷裡撒嬌，甚至像狗一般可以調教，聽到叫喚聲會趨前來，讓我一改過去對貓的惡劣印象。或許在未來孤老之時，養一隻貓作伴，餓了喵嗚喵嗚的叫，磨蹭著你的腳索食，甚至在懷裡撒嬌，應該也是一件不錯的事。

2012/9/14刊載於金門日報副刊

那一年中秋

月明如晝，秋風送來陣陣涼意。全家雜忙了一天，沒有固定時間的晚餐，照例菜端上桌後，每人兀自擒筷拿碗就吃，填飽肚後，各自揩著嘴離開，留下滿桌的杯盤碗筷狼藉，幾個小碟大盤都清潔溜溜，只剩半碗公清炒高麗菜，那是一個多月來每餐必見的桌上常客。姐姐忙著收拾，碗筷盤碟疊得一手高，杵在一旁的我懶洋洋，隨意拾掇一下椅子，最後才一臉不願意的擰抹布擦桌面。廣場傳來陣陣阿兵哥集合的歌聲，住在離我家只有幾步之遙的美華，已在門外頻頻呼喚：「要開始了……，快點…，快點啦！」我三步併作兩步，扔了抹布就往外跑，留下身後姐姐的叫嚷聲與碎細的抱怨聲。

村中小社有兩個廣場，中間隔著一個大潭，在我家右側的是大廣場，這次中秋同樂晚會在小廣場舉行。小廣場其實也是籃球場，泥土地上豎著兩個破舊的籃球架，平時是村中孩子嬉戲玩耍的地方，偶爾也見著幾個身穿綠衫阿兵哥，滿場追球廝殺，遠遠聽，彷彿戰場上鼓聲咚咚，殺聲震耳。我和美華邁著小跑步，直往小廣場奔去。圍成圓圈的阿兵哥，已席地就坐在泥土地上，中間站著一個肩上斜掛紅彩帶的阿兵哥，應該是節目主持人吧。聽得他提高音嗓，神采飛揚的在說笑，幽默逗趣的模樣，把平時一臉嚴肅，只會立正喊「有」的阿兵哥，逗得像孫悟空解下了頭上緊箍咒一樣，東倒西歪的爆笑起來。那聲有直上雲霄之勢，讓原本安靜的農村小莊，彷彿被喚醒一般，一家一家的熄燈傾巢而出，扶老攜幼的前來廣場，觀看這一年一度的中秋同樂晚會。

節目有歌有舞，也有魔術表演，更有唱雙簧，特技表演……等，全是阿兵哥粉墨登場。對讀小學的我們而言，節目再精彩，也只是哄笑的話柄而已，隨著笑浪聲過後，仍是一片沈默冷寂。我們眼睛注視的是擺在地上，各樣各式的中秋過節食品。月餅、柚子、文旦、還有形形色色的各種飲料汽水，那才是我們心中的節目主角。我和美華怯生生的，像小媳婦般站在圈外約五尺之遠，一雙如獵犬般的眼睛，逡巡著全場每個角落，睜眼看著那被撥開的月餅、文旦，送進了那一張張的嘴巴。我偏頭覷了一眼離我們不遠的臭弟，看到他一直猛吞口水，那蠢相就像月餅是進了他的嘴巴一樣。

節目進行著，所有的阿兵哥好像被颱風尾掃過的稻田一般，纍纍稻穗東倒西歪，歡樂氣氛高潮迭起。正在此時，兩個朦朧人影走來，來到盡頭，原來是比我們還小一屆的阿花和她妹妹，妹妹小娟看了我們一眼，拋下姐姐阿花，就逕往阿兵哥圍坐的圓圈內鑽，更讓我們驚愕，她竟緊緊依偎著阿兵哥身旁坐下，嗲聲嗲氣喊起「哥哥」「哥哥」，阿兵哥摸摸她的頭，拉起她的小手，就把一個月餅放在她的手心上。我和美華對看一眼後，臉上又是羨又是忌，彷彿打翻了半瓶醋，一股酸意從心口猛竄上來，嗆得讓人搖搖欲墜。

節目進行好長一段時間，站著站著，兩隻腿漸不聽使喚的癱軟下來，乾脆來個席地而坐，大有要與冗長的等待長期抗戰之勢。好不容易，在哈欠連連催逼之下，斜掛彩帶的阿兵哥終於發下了號令，節目到此結束。聽到「結束」兩字，我們猶如被點醒的夢遊者，精神突然來了。阿兵哥群起收拾場地，有只喝半瓶的可樂，有剝一半的柚子，還有完整未拆封的月餅，滿地狼藉。月色下，我們像搜索隊的獵犬，幫忙著尋找殘存的食物。遇著慳吝的阿兵哥，不假顏色的全數討回，碰著仁心寬厚的，一聲「給你」，我們像遇著貴人般，涎著嘴臉直哈腰稱謝。

那年中秋夜，月兒特別圓亮，我和美華踩著輕快腳步跑回家。我的斬獲是五瓣柚子，兩個月餅，還有半瓶可樂。可樂在回家的途中就咕嚕咕嚕下了肚，甜中帶酸的柚子準備分送姐姐吃。至於月餅，湊著月光細看，一個是綠豆沙，綿綿密密的甜綠豆沙，準備留給自己獨享；另一個則是伍仁月餅，裡頭的餡是冬瓜糖、花生、桔餅、……，像什錦雜湯一樣，什麼都有，但全是一些零頭寸尾，給人一種不專業的感覺，就分給哥哥吃吧！

隔天上學到學校，同學都帶來了各式各樣的月餅，小小一個，一口氣三兩個下肚也不覺得膩。村中的雜貨甘仔店也有賣，一整盒十幾個，攤在櫃台上零賣，只要花個一元、兩元，就可以挑選一個喜歡的口味。想吃月餅並不難，但口袋沒有半毛錢的童年，一元、兩元對我們而言，那就是天文數字。

如今中秋，慶祝的形式有了改變。烤肉外，連生香菇、牡蠣、蝦子、青椒、魷魚……，都上了烤肉架。全家邊吃烤肉，邊喝飲料，談笑聲中渡中秋，月餅反而被安置於冷板凳上。緣於如今的月餅成了專業級的食品，貴者一個動輒上百元，一盒六、八個下來，高檔的就得準備讓一張「小朋友」出走。想吃平價的，大概只能挑一年四季皆可吃到的蛋黃酥，嚴格說來它還不能與月餅平起平坐，只能算是妾身未明的中秋應景食品吧！

生活富裕，讓人們越來越視「吃」為負擔，尤其是上了年紀的人，更是百般忌口。路上若碰著了久別朋友，一句「你瘦了」或「你胖了」，就有著天差地別的不同意味。慶幸的是這個物阜民豐的年頭，一般人都把「你瘦了」當成溢美之詞，這何嘗不是一件可喜之事？但人生事常一體兩面，是禍是福難定論。如今歲月匆匆，又是秋風送爽的中秋，不禁讓我懷念起那一年中秋夜，手握著捨不得入口的綠豆沙月餅，彷彿伴著嬰孩入睡的甜蜜情景。

2012/10/15刊載於金門日報副刊

西瓜綿

生活方式會隨著生活圈不同而改變。晚飯後繞「三民主義」散步的日子，已杳然飄逝於昨日。如今是久久上街一回，每回上街，總有新鮮事發生，街上店鋪猶如改朝換代般，日日推陳出新，天天不同。

貞節牌坊旁一家以魚為主的小食店，不知是什麼時候開張，晚餐時間，座無虛席。一看牆上菜單，一條魚七剖八剮，有魚頭、魚肚、魚腸、魚皮、……等各種吃法，就食客需要各取所需。以前總覺得魚能吃的，不就是魚肉而已嘛，所以一魚八吃，甚至十二吃，無非是同樣的魚

珠山民宅一景，以「珠山」為門聯

肉，做不同的烹調方式。如今方知，原來除了魚肉，這年頭饕餮無所不吃，能下肚的皆不放過。曾聽說過去共產黨清算鬥爭地主，就是以一條魚上桌，挑魚背肉吃者，排除名單之外；懂得吃魚肚、啃魚頭者，方是清算鬥爭的對象，那才是真正挑嘴的有錢人。傳聞或許純屬虛構，是真是假，也無從考證。但懂得吃魚的人，嗜食魚頭、魚肚應屬大多數，這是不爭的事實。

店內採用的是臺灣多刺的虱目魚，一般小孩，甚至年輕人，大抵不喜歡吃魚，何況是多刺的虱目魚？咱們家三個小孩，盡是前世就與魚結仇，女兒對無刺的鱈魚尚可接受，兒子立意可是掘井千仞般，不管是什麼魚，一概看不上眼，即使皇帝老子頒旨，娘娘苦口婆心勸說，都猶如螞蟻撼樹，不為所動。曾經教過一個一年級學生，讀幼稚班被魚刺卡喉的痛苦經驗，讓她對魚畏懼萬分。午餐時，只要有魚，她一定分紋不動，見之如見鬼，老師說好說歹，甚至幫她把魚刺全挑出，她也不為所動。為了不厚此薄彼，引起同學起而效之，最後使出殺手鐧，魚沒吃完，不准倒廚餘桶。從此吃午餐，只要有魚出現，她必淚眼汪汪，呆坐座位上，直到午休鐘敲。

看相者說，看人一張嘴就可知此人是否能言善道。嘴唇薄者必屬伶牙俐齒之輩，反之，唇厚如核桃，嘴鈍必言拙。從物理原理推測，應該有幾分可信。但口才好與否，應該還關乎個性與反應能力，尤其與個性最相關。好說話者，日日說，時時磨，口才不佳也難；喜沈默者，缺了日磨月練的功夫，即使有滿肚文章道理，也難淋漓盡致表達。吃魚應該也跟一張嘴有關，年輕人大部份不喜吃魚，除了有更多不需費力的食物可挑選外，嘴功缺乏磨練也是主因之一。看倌若不信，筵席上，魚蝦上桌，排除高膽固醇一族，眼神呆滯視之若無睹者，多是年輕人；只靠一張嘴，就可剝蝦入肚，不需弄得滿手油膩，則多屬年長之輩。畢竟年長之輩吃的鹽比年輕一輩吃的米多啊！

有一道是「魚頭加西瓜綿湯」，「西瓜綿」是何物？一問之下，才知是一種瓜醃製而成的漬物。加了西瓜綿的魚頭湯，湯頭在鮮美之中，多了一分鹹定，撈起西瓜綿，湊眼仔細端詳，竟是薄薄如酸黃瓜的一片。小時候，「西瓜綿」是飯桌上的常客，每餐必見。那是母親將西瓜皮刨掉綠皮後醃製而成的佐餐醬菜，顏色有如冬瓜熬煮過後的透明樣，是如假包換的西瓜皮模樣。「西瓜綿」配淡而無味的安簽地瓜、麥糊，成了可口的佐菜。母親曾說過，物質缺乏的年代，肉是飯桌上的稀客，一年見不到幾回。年幼的我，每回一上桌，嘴裡嚷著總是一句語意不清的「肉…，肉…」，原來一碟顏色紅白相間的「西瓜綿」，就是我眼中的「肉」，嚼在嘴裡，猶如層次分明的五花肉，小小年紀，竟懂得自得其樂。

如今剔肥挑瘦的年代，肉一樣是我碗中的稀客，猶如小時候。一次上街，對「西瓜綿」勾起的回憶，竟讓我腦海重現了小時生活的種種畫面，尤其勾起了對母親無限的思念。

2013/5/30 刊載於金門日報副刊

跟阿兄去耙草

那是很久很久以前，屬於夏天的故事。

空氣中飄著陣陣番石榴成熟的甜香，曬穀場鋪滿了一穗穗金黃色玉米，黃澄飽滿的在陽光下泛著油光，好像烈日下工人強壯的手臂，結實而有力量，讓人不禁從嘴角泛起收穫的喜悅笑容。

我家住在有「四水歸塘穴」風水的村落，村子最凹處，就是一座大潭，全村的房子都面向大潭而築建，雖然缺了成行成列的整齊一致，但在凌亂中還是有秩序的。根據很早的金門刊物《顯影月刊》記載，莊裡的伯伯叔叔，很早以前就過海到南洋賺錢，寄很多僑匯回來。村裡除了可見很多棟番仔樓外，自己辦學校、舉行運動會，是一個很注重文化教育的村莊。

每天黃昏，家家屋頂炊煙裊裊，那是以柴火炊飯的年代。不知道從什麼時候開始，村裡每個小孩子，都要去耙草。不管是日頭偏西的放學後，或不上學的

舊金城老街一家民宅

假日，常見背著四方形籃筐，手持耙子的小孩三三兩兩，大家相約去耙草。只要有樹的地方，就有耙草的人影，尤其是靠海邊的防風林，高可參天的木黃麻樹下，雪白的海沙上，常見整齊的鐵耙痕一條條。村裡最厲害的「耙草達人」是阿和嬸，只要半個小時的光景，就可以看到她推著滿載而歸的木麻黃回家。

學校放暑假了。午飯後，太陽像火傘，把大地罩得像悶不通風的火爐。「嘰嘰嘰……」，蟬在高高的樹上唱歌。阿兄要去耙草，他約了隔壁的阿泉一起去，自小就是小跟班的我，這回當然也要去，跟阿兄到海邊的防風林耙草。

「トトト、トトト、……」一陣陣的鳥叫聲傳來，我和阿兄抬頭一看，一隻頭頂長長的冠狀羽毛，嘴細長而彎曲，身上羽紋是黑白色相間的鳥，正蹲在路旁的石塊上叫著。阿兄豎指湊近嘴巴，低聲說那是戴勝鳥，示意我們不要出聲。阿泉大叫：「墓崆雞、墓崆鳥，恁家歸家死了了……」，戴勝鳥被阿泉的叫聲嚇得噗噗著翅膀飛走了。

要到防風林，必須經過一個靶場，三個人還沒走到靶場，就碰到一大團的木麻黃迎面而來，我們齊聲大喊：「阿—和—嬸……」。

草團後發出沈重的「嗯哼」，然後聽到回答說：「乖—哦！骨力囝仔……」，像氣球瞬間被充飽了氣一樣，我們歡欣鼓舞的跑過靶場，衝向防風林。

木麻黃樹林裡，幾張傳單隨風飛舞著。阿兄和阿泉追著傳單跑，阿泉搶到手後攤開來，傳單上印著筆劃很少的簡體字，他們湊近頭看著：

「海外……僑胞回……歸祖國……」，阿泉大聲唸。

「老師說撿到傳單不可以看，你們還看？」我伸手作勢要搶。阿泉把傳單掩至背後，看了看四周，小聲的說：「不要看，不要看…，返校日交給老師。」他把傳單塞在褲袋裡。

太陽還在頭頂上，防風林把毒辣的陽光圍擋在林外，零零落落生長的待宵花，亮黃的花朵，展現著野地的生機。靶場上遠遠傳來轟轟的車聲，從車上下來了一隊一隊的阿兵哥。

「阿兵哥呷饅頭，呷佮嘴齒黑索索」、「阿兵哥呷饅頭，呷佮嘴齒黑索索」、……，阿泉唸起阿兵哥謠來，我和阿兄也跟著一起唸，三個人越唸越大聲，最後笑成一團。

「阿兵哥又要打靶了。」阿兄指著靶場上飄揚的紅旗說。

「等他們打好，我們就去撿彈殼。」

「昨天我阿爸賣了不少錢，還分給我兩塊錢，說隨便我去買什麼都可以。」阿泉興奮的眼睛泛著神采。阿泉說他最喜歡吃「酸梅糖」，兩塊錢可以買四十顆酸梅糖。想到「酸梅糖」我的嘴巴也跟著酸起來，滋生口水來了。

防風林外「砰砰砰」槍聲響個不停，我們在防風林裡，一邊笑鬧，一邊找木麻黃落葉，可惜收穫非常少。因為閒閒暑假，全村的小孩子都出來耙草，阿美跟她姐姐今天就來耙了兩三回。阿美說，如果再不耙些草回家，她阿母就要拆她們的骨頭去燒了。阿美跟她姐姐只好勤快的跑防風林耙草。

槍聲一陣一陣，我們跑到阿兵哥的臥靶練習場後去看，看到阿叔正在賣蚵嗲。

「阿叔……，你什麼時候來的？」

阿叔向我們搖手示意，他的身旁擠滿了阿兵哥，忙著拿蚵嗲和收錢，讓他沒空搭理我們。

「阿兵哥，錢多多，一元予我買關刀。」阿泉一邊唸著，一邊調皮的向阿兵哥伸出手，逗得阿兵哥哈哈大笑。

阿叔用打水用的小提桶裝了滿滿的蚵嗲，一個賣五毛錢的蚵嗲，是昨天阿娘浸糯米，我們磨米漿，今天阿爸切蒜仔、芹菜、高麗菜、紅蘿蔔絲，拌了胡椒粉、調味料做食材，最後加上新鮮海蚵炸成的。

炸蚵嗲是用鐵的圓杓先抹一層油，再塗上薄薄一層米漿，放上準備好的芹蒜食料和幾粒鮮蚵，最後在表面淋上一層米漿，下鍋炸成的。剛起鍋的蚵嗲，沾上醬料，好吃得讓人連舌頭都要吞下去。據阿兄說因為我們家炸蚵嗲，阿叔才幫我取了一個乳名叫「美嗲」。

砰砰的槍聲終於停了，靶場上的紅旗也降下來了，阿兵哥又坐了軍用卡車回去了。我們扔下耙子和籃筐，跑向子彈落下的土堆，連阿叔也擱下蚵嗲桶子，加入挖彈殼的行列。一時間，整座土堆擠滿了人，原來耙草的人，全擠到土堆挖彈殼來了。

沒一會兒工夫，整座土堆像被刨過一遍似的，再也找不到彈殼了，阿兄和我撿的彈殼全跟阿叔放在一起，阿泉雙手捧著彈殼，說要去找個空罐子裝。他走到土堆背後，我和阿兄跟著他，三個人才走了幾步，一隻綠色的鳥從土洞裡急忙飛出來，在天空叫著。我們抬頭一看，鳥的羽色非常鮮豔，全身大多是綠色，有黑色的眼帶與弧形下彎的嘴喙，尾羽為藍色，陽光照射下，栗色的喉部顯得閃閃動人。

「好漂亮的鳥哦！」我和阿泉齊聲驚呼。

「是——栗喉蜂虎！牠最喜歡吃蜜蜂。」阿兄指著那隻鳥說。「牠們喜歡住在土洞裡，很多隻一起築巢，爸爸媽媽會一起照顧小鳥。」

太陽像喝醉酒的老公公，在天邊紅著臉向我們憨笑著，我們背了籃筐，準備踏上回家的路。阿叔提著沒賣完的蚵嗲桶跟在後頭，來到溪水清澈見底的東宮溝，阿叔放下提桶，捲起褲管，就下溝洗起手腳了。我們一看，也跟著下水，清涼的溪水，讓灰頭土臉的我們，像吃了碗刨冰一樣，通體清涼舒暢。

「有水獺——」阿泉叫起來，我們一聽，趕緊跑過去。

阿泉用樹枝撥著石頭上一團黑黑的大便，裡面有閃閃發亮的魚鱗。

「水獺愛吃魚，喜歡住在乾淨的溪流或池塘」阿叔說。

我曾在村裡的大潭看過水獺直起身子，雙爪合十，在潭裡仰浮，想到牠那可愛的模樣，我不禁笑了。

阿叔掀開桶子，遞給我們每人一個蚵嗲，說：「肚子餓了吧！反正賣剩的，再回鍋就沒人買了。」捧著已冷的蚵嗲，飢腸轆轆的我們，仍是狼吞虎嚥吃得津津有味。

又要去耙草了

阿兄說這回要去「花園溝」的阿兵哥營區，因為防風林的草已被耙光了，連「耙草達人」阿和嬸也敗下陣來，昨天只耙了半車的木麻黃。阿泉一聽說這回要轉移陣地，興奮得像要上場搏鬥的公雞，「咯⋯咯⋯咯⋯」的一路叫個不停。

「營區有大狼狗呢！」我臉帶憂懼小聲的說。

「草堆得像毯子那般厚呢，耙都耙不完。」

「還有番石榴……，每顆都是黃色的。」阿泉做了個吞口水的動作。

阿泉和我，一個興奮得像展翅待飛的老鷹，一個是心驚膽怯想挖條地道遁逃。阿兄不說話。

「花園溝」外層層鐵絲網圍攔，是我們小孩子感到好奇，也想一窺究竟的神秘營區。大門口的崗哨，兩個荷槍的衛兵踱著方步，走來走去，一隻大狼狗趴在崗哨陰影下打盹，安靜得連樹上的木麻黃被風吹得沙沙作響都聽得到。

阿兄帶著我和阿泉，抄小徑鑽過鐵絲網，我們躡手躡腳的來到幾棵木麻黃樹下，落葉果真像地毯那般厚，我們使盡吃奶的力氣拚命的耙，每人把籮筐紮實的塞滿。一陣汗流浹背後，這時阿泉發現不遠處，一棵一棵的番石榴樹，微黃的果實纍纍掛滿枝頭，三個人都興奮得尖叫起來，阿兄和阿泉像猴子一般的爬上樹，他們在樹上瘋狂的採摘著，我站在樹下指東指西的喊，三個人都陷入採收的喜悅中。突然，一陣狗吠聲從遠而近，我還來不及弄清事實，一隻大狼狗已向我奔來，我嚇得大哭，蹲縮在地上，樹上的阿泉像突然被拔了插頭的高分貝音響，瞬間消音。說時遲，那時快，阿兄從樹上一躍而下，站在我的面前用兩手圍護著我。大狼狗齜牙裂嘴，露出尖尖的牙齒，朝阿兄的小腿狠狠的咬了一口，阿兄擒起鐵耙一陣亂打，大狼狗才落荒而逃。我躲在阿兄的背後，嚇得兩腿發軟，兩泡淚水在眼眶裡直打溜轉。

大狼狗逃跑後，阿兄捲起右腳褲管，兩個深快見骨的洞，血一直流出來，小腿一片血淋淋。阿兄咬著牙，一臉痛苦，我兩泡淚水奪眶而下，哭得唏嚦嘩啦，彷彿被大狼狗咬到的是我。阿泉扶著一拐一拐的阿兄，我跟在他們後面，三個人沈默不語的走回家。我的淚水順著臉頰像兩條山溝的水，一直竄流個不停。心裡狂喊著：「我不要吃番石榴」、「我不要耙那麼多草」，「我不要阿兄痛痛」、「我不要阿兄痛痛」……。

2013/6/22 刊載於金門日報副刊

衰嘎契狗咬

最近除了洪仲丘被關禁閉致死案鬧得沸沸揚揚，狂犬病再犯的新聞，亦攫奪了觀眾的專注。前者或許存著隔岸觀火的心態，但哪一天被狗咬，得了狂犬病卻是人人都機會平等的事，這種人人自危的新聞，報導起來格外有勁，因為適合大眾普遍性。

有句俗語「衰嘎契狗咬」，說明人之所以會被狗咬，是因為走到霉運的時候，代表買樂透會摃龜，走平路也會摔成豬。人的運氣是一種很難說得清的複雜之事，譬如打麻將，同樣的打法，結果有可能胡牌與放槍兩極化，究其因在於其他三個搭檔牌角的打法，也與暗牌的排列順序有關。

瑞士馬特洪峰前的聖伯納犬

無法釐清說明因素時，人們總是歸咎於是「手氣」問題。所以玩賭想贏，就得有好手氣，沒有勝算把握，就什麼都不要肖想。偏偏人是一種桀驁不馴的動物，摔馬不認輸，贏時想更得意。

根據研究報導，幼童、男性、老人比較容易被狗咬。若以上面的說法，這些人都是比較容易走霉運的人嗎？但夢想中樂透，流連在彩券行的卻以男性居多，這又如何解釋？或許老公肖想發財時，就請老婆出馬代購彩券，中獎機率或許會大為提高。但這種必須以財產坦誠無私為前提的婚姻關係，在世間還真難求，所以自認為運氣好的男性還是不少。

以運氣來論是否會被狗咬，我的一生算是平坦順遂的。唯一被狗咬的經驗，就是讀小學時，住在咱們家後面是芳石大哥家，芳石大嫂是村中人人稱羨的先生娘，除了腹中有點詩墨外，把一個家理得一塵不染，還養了一隻白色的狗。一天，老媽囑咐我去歸還幾天前借來的篩子，向來就聽聞他們家的狗，是「陰沈狗，咬人袂哮」，安靜出奇得可怕。我在母命難違之下，懷著一顆忐忑不安的心前往。甫進大門，東張望、西瞧瞧，心中默默祈禱，那隻咬人狗最好不在，或著此時正酣著好夢。但人生十之八九事與願違，好死不死，前廳大方塊桌下，一隻白色的狗就蹲伏在那。我硬著頭皮，心中直唸阿彌陀佛，只差沒放下身段跟牠打起招呼，躡手躡腳的就直趨中庭，恐懼得語意不清的把來意說了一遍，再輕輕轉身，瞥一眼那團白色狗影，畏首畏尾、躡手躡腳的走出大門。從進門到出門，那團狗影一動也不動，彷彿沒瞧見一個外客來訪一樣。大門一出，我一顆狂跳的心，馬上就飛躍舞動起來，猶如安全滑壘得分般的興奮，急匆匆的就快跑起來。說時遲，那時快，就在下廣場的台階上，我的背部感到一陣劇痛，轉頭一看，天啊！沒錯，從頭到尾冷眼看戲的咬人狗，緊追身後，不吠不叫的從背後狠狠的咬了我一口。

後背腰間的傷口，經過芳石大嫂一個多月的細心敷藥療治，才完痂結疤。從此，對狗產生莫名的恐懼，路見野狗總要繞道而行，知道亂吠亂叫的狗可怕，那不吠不叫的狗東西更是可怕。

也許是時間總是不經意的洗刷記憶，也許是為人母、為人師者強。有次放學輪導護，護送鄰近村莊孩子回家，幾個小人兒排隊擠成一團，你推我擠，誰也不願走前頭，一問之下，原來過了學校馬路那排住戶，有人養了會咬人的狗，大家都怕。一股為人師的剛強之氣直沖腦門，我二話不說，就帶頭前衝。來到那戶住家門前，果真一隻狗就吠叫直衝過來，我手中握著預先準備的木棍，用身擋在狗的面前，狗竟追著孩子繞圈圈，我宛如「老鷹抓小雞」遊戲的母雞，團團護著後面四、五個孩子，班上那個嬌滴滴的小女生，身後的書包被狗狠咬著不放，經過一番死纏爛打，最後大家才脫困而出。那時一點都不感到懼怕，孩子回到家後，我還特地打電話去慰問，頗有「高個兒症」—天塌下來有老師替你們頂著之氣概。如今，兒子亦加入「怕狗」一族，無論大狗小狗，只要是狗，他皆懼怕三分，這種母雞護小雞的事，就這樣常常發生在我們外出遇到狗的途中。

有人說吃了狗肉的人容易被狗咬，就其推理，以狗這種嗅覺靈敏、忠義聞名的動物而言，應該是有幾分可信。但較科學的說法，狗咬人，那是一種刺激與反應的直射關係，人怕狗，狗亦怕人，在兩相敵意之下，人是理性動物，會克制自己，但狗就會以出口噬人為搶先機。所以路上遇到狗，避免直溜溜的瞪牠，以免產生敵意，不製造雙方的緊張，應該也是避免被狗咬的方法之一。課堂上教學生，路上遇見惡犬野狗，蹲下作撿石頭樣，亦可嚇走狗，對部分虛張聲勢的狗或許有效，但對有意謀或咬人惡習難改之狗，效果實在有待商榷。至於對付那不吠不叫的陰沈狗，時時存著「防狗之心」，我想總是好的。

2013/8/27 刊載於金門日報副刊

尋回

臉書無遠弗屆，它串起了整個地球村的網絡，在視力漸如霧裡看花的年紀，雖然沒把臉書當成生活必需，不為它沈迷成痴，但每天上網瞧瞧究竟，卻是不能少的。很多人把它當成了分享的平台，也不少人把它當成了情緒發洩的窗口，更有人把它當成了資訊獲得的來源，我應該是屬於後者。它的資訊比之報紙報導、電視播報更為務實，更貼近自己的生活需求，所以在瀏覽之餘，總不忘給分享者按個讚，說句美言。

臉書更神奇的威力，它讓久別不見的親友重新出現在眼前，它拉起了聯絡感情的蛛網。大學畢業後未再見面的同學，透過臉書找到了唯一住在

小時玩伴於100年相逢，同遊三峽滿月圓。左起：美華、我、麗羨

離島的我。我永遠忘不了，我們在松山機場重逢，激動的互相擁抱，流露在她臉上的那份驚喜，恍如隔世般的淒美迷離故事，就發生在我們身上。透過臉書，我也尋到了兒時同伴的妹妹，再經過她妹妹的網絡，找到了兒時一起上學、遊玩，情同姐妹的玩伴美華。

兒時的珠山是個人口鼎盛，每棟房屋皆有住人的村莊，同一屋簷下，甚至有的住了兩戶人家。其盛況雖未若《顯影月刊》所撰述的：「人口約三千人，自創學校、自辦運動會，對門同生子」的繁華景象，但空屋是極少的。五十幾年代的小學，一班三、四十人，學生人數算是極少的，我們班同學三十幾人，珠山村的就佔了十二人，約三分之一。每天上學約十五分鐘的路程，美華、麗羨與我一路相偕相伴，甚至上了國中，五、六公里的腳踏車路程，也是同進同出，不離須臾。近十年的求學同伴感情，成了人生最難抹滅忘記的回憶。

高中時，美華舉家搬至臺灣，從此各奔西東，舞台上演出的各換了角，一場接一場的人生大戲，直到臉書出現，才把失落的過去，重新追索補綴回來，再續兒時前緣。

美華家就住在咱們家對面，兩家相隔約十多公尺，中間是一塊凹凸不平、塵土飛揚的泥土空地，門口都有一座體積龐大的防空洞守護著，不約而同的，防空洞上都種了番石榴，枝椏參差不齊的番石榴，終年濃綠成蔭。夏天成熟的番石榴，讓空氣中飄浮著一股甜香，滿足了物質飢渴的童年時光。一顆顆小小的土番石榴，是夏天最好的解饞零嘴，說實在的，也是那時唯一唾手可得，不必花錢的零食。

美華家白天做麵條、麵線，約三、四見方的小客廳，一台巨大長型的擀麵機器，就佔了客廳的一大半。美華的父親常是粉頭粉臉，滿手麵粉的在機器旁，輔助拉著麵糰，把它壓成一捆卷一捆卷的麵皮，一遍又一遍，總要壓上好幾遍才罷休。換成割成條的齒輪後，送入麵皮，手持小竹棍接麵條，最後再拎掛在房空洞旁的曬麵架上。傍晚時分，收好曬乾的麵條入屋，在木板上切成段，外用報紙包紮，一包一包稱好斤兩，置放架上待售。

麵線則八字摺曲成餅狀，放在竹篩上曬乾。如今在金城街上，仍可見幾家手工製麵店，與兒時的製麵過程好像沒多大的改變。美華家除了製麵外，也炸油條出賣。客廳左前方的小土竈，除了料理三餐外，清早更見油煙四竄，竈上油鍋強強滾，一個黑不隆冬的濾油鐵網，長年累月被油薰得烏黑發亮，大大的網洞裡，總是架滿一根根豎直的油條，一條條香噴噴，也油膩膩的閃著油光。沒有瓦斯的年代，竈前堆滿雜亂的柴火，與川流不息的顧客，讓這個窄小的空間，更顯得讓人喘不過氣來。清早的美華家是忙碌的，也是雜亂的，買油條是必須搶時爭鮮的，沒有帶三把火的人，入口的油條，就是少了一股熱與Q勁。不像買麵條、麵線，那是慢悠悠郎中可做的事，白天的美華家就是屬於貓瞇，日曬屋頂的清閒樣，偶爾才聽見一聲「買麵——啦！」劃破那清閒寂靜的時空。

美華在家是老大，下有弟妹四人，她的課業雖不是很靈光，但做起家事與照顧弟妹，十足是一副小大人。不知從什麼時候，美華的媽媽開始洗起阿兵哥衣褲，又厚又重又臭的軍服，要用刷子使勁的刷啊刷，美華總是跟著媽媽，在村內井邊，甚至到村外的渠塘刷洗軍服，即使在哈氣成煙，雙手僵凍的冬天也不例外。一次，我隨著她們去，拉起那吸滿水的厚重軍服，就費盡我的全力，讓我伸不直腰。接下來的刷洗工作，我使盡吸奶的力，也刷不淨一件軍服，還是美華的媽媽幫我收了尾。看著身旁個兒與我差不多，身材瘦小羸弱的美華，軍服一件一件的在她手中刷洗完成，我的嘴巴不覺脫口而出：「好樣兒！」

如今，我們皆已兒女成群，人雖在天涯各西東，但兒時的種種，將成為我們今後續緣的最佳肥料。相信未來，在我們共同的舞台上，將寫出人生更絢爛的詩篇，演出更精彩的戲碼。

2013/10/7 刊載於金門日報副刊

高粱飽穗酒飄香

近年來，金門國小本土閩南語課本，在幕後編撰者努力之下，漸有新版的成果呈現，唯高年段學生，使用的仍是舊版閩南語課本。課文中諸多過去金門農村社會的寫實景況，在閩南語越來越邁入衰竭死亡的路上，學生鸚鵡學舌，雖然唸得順溜，有腔有味，但缺少了過去農村生活的體驗，對「種蘆黍」、「壅蘆黍」、「割蘆黍」、「颺蘆黍」、……，他們是一知半懂，猶如遠眺群山眾嶺，看似清，卻又不是很清。

小時，村中家家戶戶以務農為生，因氣候關係，金門的雨量不多，種植蔬菜上市販賣獲利的較少，田裡栽種的大多是乾旱種作，閩南語稱為「蘆黍」的高粱，是農作中的大宗，屬獲利較高的經濟作物。十塊田地，約有八塊是用來種高粱的，它的利潤比花十個月，近一年時間飼養的三、四頭豬還高。

每年四月初，學校放一個禮拜春假，正是霧濛雨潤的春耕播種時候，備齊了高粱、玉米、花生種籽，老爸就像魔術師一般，魔棒一揮，把我們的童年玩心一揪、摜成一串，吆喝著我們下田幫忙。播完種後，春假也結束了，回學校上課的特權，讓田耕的工作，成了記憶裡的空窗，直到暑假來臨，接踵而至的夏收工作，農忙才又跳回記憶裡的櫥窗。

比大人還高的高粱，結穗纍纍，彎著腰在風中搖擺輕嘆，與現在種植的矮品種精神奕奕有別，可以說一個是天龍，一個是地虎。手持鐮刀，鑽入高粱田裡，只聞其聲，不見人影。揪拉下來一把高粱稈，鐮刀一揮，穗粒連高粱稈一起割下。割了高粱稈，用手推車推回家，必須清理出一間小房，房中傢俱越少越好，搬塊大石塊放中間，手持一把高粱稈穗，使勁在石塊上拍打，高粱顆粒彈跳而出，跳滿了整間小房。與現在只割高粱穗，鋪放在馬路上讓車子輾壓脫粒，是截然不同的。脫了高粱粒的高粱稈，是綁高粱掃把的最佳材料，家家戶戶使用的掃具，就是這種天然又環保的高粱掃把。

脫了殼的高粱粒，仍摻雜了很多的穀糠，必須找一個有風的日子，選一個空曠地方，進行「颺蘆黍」，這道手續與現今無什麼改變。雙手高舉一畚箕的高粱，從高處傾下，藉由天然風力的吹拂，讓糠與穀粒分開。高粱粒裝入袋後，每天日出，攤曬在「門口埕」，日落前耙攏裝袋入屋，以防夜晚露溼受潮。碰到突然而來的西北雨，那爭分搶秒收拾的情景，比之趕搭剛進站的捷運車，更為驚險，一秒都不能閃失。捷運車搭不上，兩三分鐘後還有一班，但高粱穀粒受雨弄潮，一年的辛勞全泡湯。如此一天一天的曝乾程序，猶如小心翼翼照顧一個不知風寒、無畏冷暖的嬰兒。

就那麼一天，整個村子騷動起來了。廣場上，人聲鼎沸，各家各戶把曝曬好的高粱，一車一車的推到廣場，酒廠的大卡車來了，我們小孩子也聞風而至。大人們一臉喜孜孜，互相問候寒暄。「阿來！汝今年收成不少？」「攏總多少擔？」

「沒啦！幾袋而已」……。

「成叔今年收最多，有百來擔……」。

欣羨的眼光齊聚於臉頰黝黑的成叔身上，一臉靦腆的他，手足無措之中，頭頂上隱約戴著一頂閃閃發光的桂冠，那是終年累月用血汗堆砌的成果，他成了眾所矚目的焦點，大家崇拜的偶像。

整個廣場鬧哄哄，人們忙著穿梭，猶如喊價喧天的市場。身穿淺藍色中山裝的酒廠工作人員，有的用削尖的竹管，插入麻袋取粒，抽驗乾溼度；有的忙著將一袋一袋的高粱過磅稱重；有的則手撥算盤記帳付錢。在記憶櫥窗最閃亮，永遠抹滅不掉的一頁，就是會計身旁那一麻袋裝得鼓鼓的鈔票。千元大鈔尚未上市的年代，一大麻袋紅艷艷的百元大鈔，成了童年最富庶的印記。

通過檢驗，用高粱換到錢的大人，眉開眼笑推著空車回家；沒有檢驗過關的，也在大家的加油聲中，準備回家繼續進行曝曬的工作。酒廠的大卡車則滿載著一袋一袋的高粱離開，入廠準備釀造飄香四溢的高粱酒。

如今，高粱酒聞名世界，為金門帶來了豐厚的收入，是金門人口中的金雞母，造就金門成為福利縣、幸福島，這不能不歸功於多少前人的努力。唯漸漸脫離農村社會的現代，從事「種蘆黍」、「壅蘆黍」、「割蘆黍」、「颺蘆黍」的人，卻也隨著時代的腳步，越來越稀少，猶如童年的那段時光，漸離漸遠……。

2013/10/22 刊載於金門日報副刊

豬油渣

「油夠混」的新聞又盤據了所有新聞播報台，這回代誌有夠大條了，因為市井小民，生活中豈能脫「油」了無干係？那是生命藉以存活的六大營養素之一啊！好像成了一種規律，每隔一陣子，總會有「食」的新聞被舉發上報。生活在這個物阜民豐的社會，食物選擇實在太多元了，五花八門，令人目眩神馳。如何選擇健康的食物是一門學問，但也得憑幾分的運氣。「多元」是個吸引人的字眼，但在其背後卻隱藏著諸多不確定的危機，讓人不由得懷念起小時候那種單純的日子，吃的單純，用的單純，甚至與人的互動也是那麼的真誠、坦然，絲毫都無需矯情做作。

小時候，家中曾開過小吃店，閩南式的建築，沒有大廳食堂，兩間小小的廂房，各擺了一兩張參差不齊的木桌。大方桌，四張長條椅凳佈在四邊；小圓桌則搭配著高腳圓椅。白天，閩南式房間採光不佳，一屋子黑朦不清。一入夜，老爸就掛起「摙燈」，頓時，亮晃晃如白晝。小小的廚房，兩個鍋爐一整天火沒熄過，一碗五元的麵，是阿兵哥的最愛。印象中，曾任金門縣委會主委的某長官也是家中的常客，小時一起長大的他，家中的經濟比我們家好得太多，一碗麵，是我們兄弟姐妹垂涎不已的美食，碗可以被我們舔得乾淨如洗，他總是吃得滿桌滿地都是。除此外，我們兄弟姐妹也常被他母親僱用去剝玉米粒，用螺絲起子將玉米穗推開一排玉米粒後，再用手一排一排的剝下玉米粒，稚嫩的小手總是剝得發紅、發痛。一大袋二、三十公斤的玉米，賺得區區三、五元的工錢，在那金錢匱乏的童年，卻是非常大的工作誘因。

客人較少，鍋爐得以歇息的空檔，老媽會切上一大鍋白花花的肥肉，慢火熬炸起豬油，肥肉在熱鍋中滋滋作響，經過鍋鏟不斷的翻攪、擠壓之下，愈來愈乾癟，鍋中的油愈來愈多，直到所有的肥肉再也搾不出油，熱騰騰的肥肉渣被撈起，撒上少許的糖，就成了我們空腹搶食的甜點。除此之外，大黃瓜削皮後，對半剖開，用湯匙刨掉裡面的籽，撒上些許的糖，一口接一口，卡滋卡滋清脆的咬，雖然沒有西瓜自然的甜味，但吞入喉中，一股清甜甘爽直竄熱腹，再燥熱的五臟六腑，馬上被撫慰得服服貼貼，彷彿吃了一錠靜心丸一般。

用肥肉炸出的豬油，絕對不會有「混油」之慮，而且博得「特別香」的美名。但在健康養生為上的現代，動物性的脂肪，已成了文明病的罪魁禍首，用肥肉油炸而出的豬油，成了過街老鼠，慘遭人人喊打的悲慘命運，各種五花八門的油品取而代之，攻佔了市場每個角落，盤據了各家的廚房。

豬油渣拌糖，是過去人民刻苦節儉的生活寫照。除此外，煮飯留下的鍋巴，在香軟的白飯比照下，在當時是不甚討喜的食物。如今餐廳的石鍋拌飯，鍋底那層又硬又焦的鍋巴，反而成了食客驚艷的焦點。人民的生活總是在來來回回、往往返返中循環輪轉。這年頭「古早味」的招牌，常常現身於大街，甚至出現於某個不為人知的隱密小巷，人們懷念過去，雖然還未到擎旗揪眾吶喊於大庭廣眾，但人們想念古早的滋味，卻已在你我的眼神中互相渲染、傳播。

懷念過去，尤其是童真無邪的時光。直至上高中，好惡一個人，是隱藏不住的真情流露。見一個不喜歡的人，即使無冒犯於我，也如見世仇一般，平時不用兩隻眼瞧他外，甚至連一句話也吝於施捨交談；喜歡一個人，則竭盡所能的展現美好一面，以贏得先機。如今，好惡必須隱藏在撲朔迷離的魔光鏡下。真愛，只能藏身世俗眼光下，送上聲聲祝福；恨意，只能咬牙切齒吞進肚內，讓它消音於密閉的腹腔。一轉身，再抬頭，仍是一臉笑盈盈面對，告訴自己不在乎，這世界上沒有誰是最重要的，即使今天美國的歐巴馬倒下，明天的太陽仍舊會從東邊升起……。

2013/12/6 刊載於金門日報副刊

時光倒流

上課鐘已響十分鐘，九歲的小女孩，手持一支冰淇淋，小心翼翼護著，一邊舔，一邊走進教室，全班孩子盯著她手上冰淇淋猛吞口水，欣羨之情表露無遺。一問之下，是代表學校去做社服活動，學校給的，承辦老師自掏腰包請客？還是挪移公款慰勞？我沒有追問的念頭，孩子也無人感到好奇。我問全班孩子：「冰淇淋分你們每人舔一口好不好？」少數沒反應，大部份孩子都猛搖頭，而且臉露骯髒不屑的表情，可見在欣羨之餘，仍是有所顧忌的。

個人的衛生習慣會隨著生活水準提高而提昇，這是毋庸置疑的事。相隔三十多年的光景，同樣的一棟四合院，卻有著兩般不同的景致。三十年前，一屋子的破舊凌亂，母親終日為了全家三餐溫飽，忙得有如裝了太陽能的陀螺，日以繼夜，永無停歇之時。過午兩點，飯桌上才可見一鍋稀飯；晚上八點吃晚餐，那更是司空見慣的事。

我家房間之一，以前是老爸的房間，現在佈置得古典雅致，令人驚艷

在沒電、沒自來水的時代，生活環境差，連個人衛生也差。一根冰棒，你舔一口，我咬一口，多人分食，那是出生在五、六十年代以前共同的回憶。如今，打開水蓮蓬，嘩啦嘩啦沖澡，在過去是那麼的不可奢求。傍晚，端了盆水，洗臉、擦手、搓腳，一天的身子清潔工作就算了事。只有過年除夕時，燒了一大鍋的熱水，全家徹底的把身子洗刷乾淨，以示除舊佈新，好迎接新的一年開始。

環境衛生之差，從村丁捎來環境衛生檢查通知次數之頻繁，可想而知。有一次，衛生檢查的通知單，早已貼在牆上數日。父親是鄰長，我們奉了父命，挨家挨戶的通知，通知單上的寥寥數句，早已倒背如流。忙碌的母親，無暇督促我們，只好放任一屋子的骯髒凌亂。對這種常有的例行檢查公事，她壓根兒也沒放在心上。

檢查日子迫在眉睫，母親帶著疲累的口吻說：「檢查那天就把門關關鎖鎖起來就好。」才上小一的我，沒聽過「放羊的孩子」，更沒看過「木偶奇遇記」的故事，純真有如一張白紙。「咚……咚……」有人敲門了，我勤快的跑去開門，門外站著一位警察，警察叔叔很親切的問：「你媽媽在家嗎？」我猛點頭，還誠摯熱心的一路引導他進屋，警察一路從門外巡視到內房。陽光燦爛耀眼，母親剛從屋頂披曬好花生順著木梯溜下來。看到警察，天光被遮掩了大半，天全黑了，她整個人愣在木梯半空，一句話也說不出來。幾天後，一張罰單寄到家中，被罰多少，不得而知。一向教子嚴厲的母親，一句話也沒苛責我，但我永遠忘不了警察那雙如警犬般的眼睛，還有掛在臉上不可置信的表情。

父親和母親相偕雲遊仙界，我們兄弟姐妹也皆成年婚嫁。房子在國家公園的補助之下，重新翻新整修，仍然維持原來閩南式的風格，與小時候的格局相同。哥哥們皆搬遷外地，為了不放任屋子無人看管，只好將老家租給一對外國夫婦。每逢雙親忌日，我才得以回老家看看，每次看到滿屋的雅致巧思布置，還真懷疑自己是否走錯了時空？

住過寬敞的透天厝後，才知道閩南式房間的狹小，原來那兩、三尺見方的小空間，竟是我童年的整個世界。年近耳順的外國夫婦，有著令人好奇的故事，為何遠渡重洋，迢迢千里來到這麼一座小島？不選屋敞窗明的公寓或透天，卻獨鍾於這種閩南式古屋？妻子一口流利的國語，能對著牆上中國字畫，與我交流共賞；丈夫默默的在廚房切著洋蔥、馬鈴薯，見著了人，只露微笑，不發一語。

置於廚房角落的木頭碗櫃，蘊藏著我們童年的嚮往。趁著大人不在家，拿凳登高攀櫃，冀望能尋獲一些果腹的剩菜殘羹。裝載兒時夢想的它，是那般的神聖莊嚴。在歲月的侵蝕下，如今漸露腐朽老態和斑駁，櫃腰兩個抽屜，好像被翻過無數遍的褲袋，再也盛裝不住任何的東西。在我眼前，宛如矮了半截的垂垂老者，但在房客細心的刷洗與照護下，卻散發著老人古樸的優雅風采。

每個房間都佈置得像一間小小展覽館，陳設的家具雖不是新穎，但處處都是創意巧思，搭配柔和燈光，散發出一股溫馨暖意，讓人置身其間，忘了時間的流轉，忘了一切。

天井幾只倒立的大瓦缸，上置小盆小花。稀疏的麒麟花，朵朵碩大艷紅，猶如家中獨生子女，集全家寵愛於一身。牆角陳舊的漆黑木箱，是父親收藏私物的寶箱，打開箱子，裡頭裝著父親娓娓說不完的故事。箱上幾個小盆，綻放著不知名的小花，鮮綠嫩紅如剛出生的嬰孩，張著純真無邪的笑臉，天天守護著這方寸天井的朝陽夕照，猶如我們日日夜夜，思念在天堂的父親一般……。

2014/4/23 刊載於金門日報副刊

珠山「保生大帝」的傳說

珠山村境內的宮廟不多，其中又以坐落在珠山村圭峰西方，村人稱做「西宮」的大道公宮規模最大。宮內奉祀保生大帝，村人按月輪流照應宮內雜務，終年香火不斷，是全村子民信仰膜拜的精神寄託。每年的農曆三月十五日，是保生大帝聖誕，是日珠山村內全體總動員，家家戶戶炊糕縛粽，外來的賓客接踵而至，把珠山村擠得水洩不通，使平時原本冷清寂靜的村子，增添了幾許熱鬧的氣氛。

根據李金生著《雞奄山頂談珠山歷史》的說法，保生大帝又稱「大道公」，姓吳名本，是宋朝時福建龍海縣人，由於平時博覽群籍，尤其精於採藥煉丹和針灸，是宋朝一代的民間名醫。相傳宋仁宗的母親罹患乳疾，朝廷內的御醫屢治不癒，後來吳本應

珠山「大道宮」

召前去治療，結果藥到病除。宋仁宗稱讚其醫術之高明，欲留吳本在宮內擔任御醫，但吳本志在懸壺濟世，不思榮華富貴，仁宗因之未再強留。

吳本去世之後被民間神化，更得到宋高宗在龍海縣敕建「白礁慈濟宮」奉祀，並敕封為保生大帝。相傳清朝初年，臺灣瘟疫流行，百姓死亡無數，來自大陸的移民曾到「白礁慈濟宮」奉請保生大帝庇佑，結果瘟疫斂跡，因而民間膜拜香火日盛。

由此可知，奉祀「保生大帝」的宮廟遍及民間各地，為數不少。但珠山境內奉祀的這尊「保生大帝」，卻有許多的傳說，根據《顯影月刊》的史料記載，也最為村人津津樂道，莫過於保生大帝是來自他處，在珠山村人尚未替他建行宮之前，就非常靈顯。相傳在紀元前某年，突然來了大批的紅毛海盜，猛向珠山村內進攻。正當村人戮力同舟抵抗，情勢危急之時，保生大帝顯靈化身為鄉民，跑上珠山圭峰，遙向紅毛盜匪大聲喝道：「你們這群鼠輩，竟然膽敢在此撒野，如此只有白白送命，現在趕快退返到你們的船上，如果不聽命的話，就請試試我的法術。」紅毛盜匪聽了，群起大怒，立即扭槍向保生大帝打來，保生大帝亦不稍微躲閃，只是嘴巴向著打來的子彈一吹，那子彈馬上就化為泥土，同時囑咐鄉人持起地上石子向盜匪打去，紅毛盜匪被打得落花流水，慘敗而逃，全村因而得以安然無事。經過這次事件之後，村人皆為保生大帝之神威所感，於是募款替他建了行宮，而且以行宮完成之日為保生大帝的聖誕，每年作醮熱鬧一番。

除了保生大帝義勇拯救珠山全村的傳說外，也聽過年逾八旬家父提及一則有關保生大帝與媽祖婆恩怨的傳說。話說保生大帝迷戀媽祖婆姿色，想與媽祖婆訂白頭之約、秦晉之好，奈何媽祖婆不但不答應，反而譏笑保生大帝是個癩痢頭。保生大帝非常生氣的說：「妳別無禮，看看我的法術，引來風雨將妳臉上的花粉洗散，一還妳的真面目！」媽祖婆亦不甘示弱反唇相譏：「我也能施法術，把你包癩痢的頭巾掀起來，讓眾人瞧個究竟。」兩人因而結下了不解的仇恨。每年農曆三月十五日保生大帝聖誕和三月廿三日媽祖婆誕辰之日，都會刮風下雨，聽說就是這個原因。

除了以上兩則有關保生大帝的傳說外，尚有一則「鹽販與大道公」的故事，亦為珠山村人所詳知。話說有一名賣鹽的小販，有一天來到珠山村中叫賣，當鹽貨賣完之後，正準備返家，途經大道公宮前的「宮橋潭」，一看潭水非常清澈潔淨，二話不說就在潭中清洗起竹籃來。沒多久，這名小販突然腹痛如絞，抱著肚子、曲著身子在地上痛得哇哇叫，這時剛好有一位村中老者經過，看見小販那痛苦的模樣，知道是小販冒瀆了保生大帝，當即好心指點小販向大道公求情。數分鐘之後，小販的肚痛即告好轉。消息不逕而走，村人得知此一趣聞，對保生大帝的神靈，更增添了幾許的虔敬。

如今建造於西元一七七一年（清乾隆三十七年），距今已有二百三十多年歷史的珠山「大道公」宮廟，已成為村人信仰膜拜的精神寄託。廟的大門聯寫著「作惡多端入廟焚香焉有益；為善寡過見神不拜亦無妨。」除了為廟內香煙繚繞的肅穆氛圍，增添幾許的神秘；更為科學進步，高唱破除迷信的當今，道出了些許科學的根據，實在是耐人尋味。

2003/8/14 刊載於金門日報副刊

輯二　浯島采風

金門好所在

夕陽像一個喝醉酒，微醺的老公公，踏著蹣跚蹎跌的腳步，把一條彩色的手巾遺忘在西邊的天空，卻兀自的回家歇息去了！遠方天邊像海鴨般大的鸕鷀，井然有序在天空排著隊伍，朝著慈湖邊溫暖的窩巢歸來；海風徐徐拂在臉上，那股沁涼迎面吹來，讓人不覺忘了白天的忙碌與疲憊，全身每一個細胞都像吃了人參果般的舒暢清爽起來。金門，是一個鬧市外的人間仙境。

舉家燈火欄柵處，沒有閃爍耀眼的霓虹燈，沒有流光四轉的招牌，馬路上更沒有車燈萬盞的塞車景況。有的是村頭巷尾傳來的歡笑聲，那是大人們忙碌一天後，高亢興奮的談天聲和孩童嬉戲的笑鬧聲。夜深了，談話聲靜了，嘻笑聲歇了，換上悅耳協調的蟲鳴蛙鼓聲，在滿天星兒觀眾的聆賞與喝采下，這場自然的交響樂演奏，伴著人們進入甜美的夢鄉，直到天明。金門，是一塊自然無汙染的人間淨土。

太武山海印寺的「海山第一」

旭日從海面上冉冉升起，燦爛奪目的光彩為大地帶來了一天的希望與生機，每個人臉上都是笑容可掬。田壟邊荷鋤的農夫，海邊網魚的漁夫，更有手提公事包的上班族，悠閒的踽踽於上班路途，沒有交通塞車的急躁，有的是流露在眉宇之間的篤定與安閒。當然，背著書包的童稚笑顏，更是一路上隨處可見的風景。小鎮上，店家陸陸續續敞開了店門，親切和善的老板忙著與過往路人打招呼，它告訴著我們，這兒是童叟無欺的商界，人人都是樸實與誠懇，讓人在不知不覺中，不由自主的釋放了壓抑在心頭上的拘謹與不安。金門，是一個純樸又可愛的好所在。

金門，它曾是戰地的堡壘，如今已變成一座「海上公園」。中央公路兩旁奼紫嫣紅的花木，隨風搖曳生姿，把筆直順暢的道路，襯托得更為幽雅悅目，行車其間，感覺就是一種享受。聚落中，紅瓦燕尾馬背的古厝，為這第六座國家公園的金門，更增添了無限的嬌媚風情，帶給人們無限的遐思與嚮往。閩南式的建築群中，偶見南洋風格的洋樓建築，它可是金門人飄洋過海，到南洋打拼賺錢，回返鄉里的光耀碩果。八二三砲戰打響了金門的名號，震驚了全世界，那是一場神哭鬼號的戰爭，它為這蕞爾小島留下了戰爭的足跡，如地下坑道、戰史館、反空降樁、軍事碉堡、……等戰地設施，也為金門的子民烙下了吃苦耐勞，不輕易向困難妥協與屈服的個性。名聞遐邇的金門菜刀，更是這些戰爭下意外獲致的產物。

金門，四面環海，漁產豐富，有吃不完的海鮮。有名的海蚵，配上金門特有的麵線，爛而不糊、清而不膩，吃在嘴裡別有一番甜味在心頭。各種佐高粱酒配料的風味菜，如高粱鹹豬肉、高粱醉雞、高粱熗蟹、高粱活跳蝦、高粱香腸、……等等，把香醇的高粱酒運用得淋漓盡致，絕不遜於臺灣埔里的紹興酒。貢糖更是金門的特產之一，甜而不膩，是佐茶的好搭檔，那可是古時高尚的御用貢品呢！高粱酒更是香醇順口，遠近聞名，為金門帶來了龐大的經濟收入，來到金門作客，如未親自品茗其香醇與美味，實有空入寶山之憾！

金門，是個高福利的縣市，它除了好山好水好風光，更有著純樸的濃濃人情味，這兒有著良好的治好，是適合居住的好所在。只要你肯來，你一定會喜歡上這兒，愛上這個世外桃源——金門。

2007/4/22 刊載於金門日報副刊

西線無戰事，你的、我的八二三

龍應台：「戰爭，有『勝利者』嗎？」戰爭只有兩敗俱傷。那一代，在戰爭的蹂躪下跌倒流血；這一代，在和平中學會感恩惜福。

那一夜，「咻—砰——」「咻—砰——」，宣傳砲彈聲，一聲一聲，由遠而近。屋內一燈如豆，我和阿兄、阿姐們正圍著餐桌寫功課，阿娘坐在針車前，一針一線縫補著破衣，她雙手不停歇，口中卻催促著我們趕緊進防空洞躲避。阿叔倚著牆角，嘴中叼著煙，一臉淡定，在煙霧裊裊迷濛中，彷彿經過一場搖天撼地災難浩劫後，這零星的砲聲，再也激不起一絲絲的驚懼惶恐。他囁嚅著嘴巴，一段可歌可泣的戰爭往事，從他的口中緩緩道出……。

金廈海域的戰車與落日

那是民國四十七年八月廿三日，發生於金門的大事，不但攪亂了全島軍民的生活，也震驚了全世界，攫獲全球媒體的爭相報導。阿叔眼眸閃爍著異彩接著說，雖然稱為「八二三砲戰」，其實並非只發生於八月廿三那一天，而是從那一天起，對岸共軍開始猛烈砲擊金門，先以島上軍事目標為砲擊對象，後來封鎖金門海運線，企圖中斷金門補給，孤困金門。兩小時內落彈達四萬餘發，用「槍林彈雨」形容都不為過，那天光是落彈數就達五萬七千餘發。

阿叔抽口煙，嘆了口氣繼續說，由於當時正好是晚餐時間，突發的砲火造成國軍死傷數百人，金門防衛司令部副司令趙家驤、章傑當場身亡，吉星文被炸重傷，後來也因傷重不治而死。

接著我國軍開始予以還擊，雙方你來我往互相砲擊，總計共軍向金門砲擊的數量超過四十萬枚，無論數量或是密度，都是相當可怕的。共軍連續砲轟金門四十四天後，從十月初，才宣布放棄封鎖，改採「單打雙停」戰略，也就是單號砲擊，雙號停火，逐漸減少對金門攻勢。從那時起，我國軍成功守衛了金門，奠定了台海日後的和平。

阿叔吐一口煙，沈思在過往的回憶中繼續說，砲戰期間，田裡的工作都得趁砲火暫歇時趕快做，男丁還得去港口、碼頭搶灘搬貨，老弱婦孺則以防空洞為家，全家大部份的時間都住在防空洞裡。大哥說：「防空洞裡又悶又熱，阿誠因為貪圖洞口較涼爽，就在洞口被砲彈炸得粉身碎骨，血噴濺得洞口、牆壁到處都是，很嚇人。」

阿娘停下手邊的針線說：「我趁砲彈停歇空隙，跑回家煮飯，急匆匆轉回防空洞時，在大石洞口，一顆砲彈不偏不倚就落在我面前不遠處，轟然巨響一聲，我撲倒在地，耳朵嗡嗡作響，等我再爬起來，一片煙硝迷濛，福伯就被炸死在我眼前，真是可憐。」

「砲彈不長眼睛到處亂炸，家家戶戶只好在洞裡堆土竈炊飯，土洞裡原本空氣就不好，一到煮飯時刻，更是濃煙嗆鼻，但是為了生存，也只好認命了。」那時才五歲的姐姐還記得那段住在防空洞的艱辛日子。

年長我兩歲的三哥也說：「睡到半夜被叫醒，四周一片漆黑，一路搖搖晃晃被抱著跑向防空洞的記憶猶存，那是一段可怕的回憶。」全家唯有我是出生在砲戰之後，僅有的記憶，便是那段「單打雙停」躲防空洞的回憶。

每逢單號，約莫晚餐後七點左右，對岸的砲彈總是準時來到，經過長久躲防空洞的演練經驗，漸漸訓練成聽砲聲就知砲彈落於何方？遠不遠？該不該躲防空洞？這種睡前功課做久了也漸習慣，最害怕的是半夜酣睡時，砲聲一聲聲傳來，睡意正濃，跑防空洞也不是，蒙頭繼續睡也不是，總是在半睡半醒之間，直到砲聲停歇，方能繼續安心入睡，隔日精神就很差。這種單打雙不打的僵局狀態，直到一九七九年大陸共軍與美國建交為止，那時我已經高中畢業。

近三十年來，世界民主潮流趨勢之下，和平的跫音如天使福音，響遍世界的每一個角落。海峽兩岸同為炎黃子孫後裔，在世界和平的鐘敲之下，攜手同進，緊緊相依的串起相親相愛之手，成為一家。

民國九十年，金馬與廈門開放小三通之後，已讓兩岸的緊張局勢獲得舒緩。如今，海面上，往返於金門水頭、廈門五通的船隻，每天固定船班來回穿梭，捎來了兩岸親友的信息，帶動了兩岸經濟與文化的交流，和平信鴿已飛翔於這兩岸的大好河山。

每家每戶築建的防空洞已被剷除填平，軍隊駐紮村間民舍的情景也不復見，民防訓練和打靶練習更成了絕響。兩岸同心，人民安居樂業，金門每年舉辦的金廈海泳和料羅灣搶灘活動，參加選手囊括了兩岸的泳將好手，報名人數總在上千人。各項藝文展演活動，更如雨後春筍，此起彼落在兩岸各地舉行，盛況空前。

夕陽西下，落日晚霞抹紅了金廈海面，波光瀲灩，宛如金光閃閃的聚寶盆，吸引了絡繹不絕的遊客，留連在慈湖堤邊；夜幕低垂，金廈海域兩岸，霓虹燈盞盞閃爍，在星月映照下，格外耀眼生輝。涼風徐徐，情人款款漫步海堤上，濃情蜜語，沈浸於你儂我儂的喜悅中。

沙灘上，成排斑駁斷裂的軌條砦，根根鐵柱指向海面，它終年累月守衛著這塊國土，如今像一個歷盡滄桑的老人，向世人細訴那段悲傷難抑的過往故事；一聲聲、一句句的警告世人，戰火無情，和平無價，要好好珍惜這兩岸安居樂業的太平日子。

本文獲「八二三砲戰五十五週年紀念徵文」社會組第二名

一碗肉羹麵

「一碗湯麵」，是發生在日本除夕夜的故事，有著湯麵老板溫馨助人的一面，更有著母子三人連心，攜手共同奮鬥的故事。一碗肉羹麵，卻道盡了兄妹的手足情深，同樣有著發人深省的啟示。

遠離庖廚，不再洗手作羹湯已有好長一段時日。常思：生活的意義何在？若只是為了圖謀這臭皮囊一個「飽」字，這趟迢迢人生之旅，豈不空走？但為了苟延殘喘，以達成生命延續目的，只得委身於求食之列，上街購買外食，在人群中鵠候，宛若等待施捨的乞食者。

這間小食店，正位於香火鼎盛的大廟旁。十年前吧，小小店面，滿櫥櫃的計算機、鬧鐘、刮鬍刀，兼賣電風扇、收錄音機，斗大的招牌上寫著「電器行」三個字，我曾為了教學要用錄音機，與臉上有顆黑痣的老板娘，琢磨研究了半晌操作方法。小小一爿店面，就像同排的鐘錶行一樣，冷清寂靜的店面，常見老板一人打著盹，或慵懶的伏案看電視，有些時候，彷彿空城，杳無一人，但不必掛慮，他必是到隔壁串門子，或在附近閒晃而已。

曾幾何時，電器行改賣小吃，從近午時分開業，至晚間宵夜用餐，店內人潮如織，從未停歇。一個店面，最後擴拆成兩個店面大，以應付更多的顧客。角落旁的鍋爐，終日熱騰騰的冒著煙，兩個妯娌輪流掌廚。金門的肉羹麵是主打的招牌，黏稠的肉羹麵撒上一小撮芹菜屑，一碗也要三十五元，濃稠又黯然的黃色，不但缺了秀色可餐的誘惑，更少了均衡的營養，卻成了金門特有的麵食。

中午時段，等候購食回家的顧客特別多。我擠在人群中，翹足以待，突然，一個熟悉的身影竄入眼簾，那不就是上學期才轉來的新學生嗎？一個禮拜才上一堂課的班級，學生的資質與品行，只是略知梗概，對孩子的了解，常是得自於該班的導師。純真無邪的天性，流露的盡是可愛的童真，導師褒多於貶的言語渲染，連帶的讓我對這個孩子也多了幾分親切。我趨前問他買什麼？他一臉靦腆未回答，我一瞥眼，店門外，兩個弟妹在那流連等候。我一轉身走出，正要開口問弟弟，哥哥提了一碗肉羹麵，躡手躡腳從人群中鑽了出來，我甚為驚訝，三個人吃一碗肉羹麵？對三個正值發育的孩子而言，若非無食慾，必是因錢數不足，才會共食一碗麵。正如「一碗湯麵」故事，母子三人共食一碗湯麵，也是緣於困頓生活所迫。我追問這樣吃得飽嗎？三個人都三緘其口，最後在我堅持「請客」之下，他們才每人提著一碗肉羹麵離去，望著他們兄妹三人漸行漸遠的身影，心中不覺升起一股不捨之情。

去年六年級畢業旅行，有幸能躬逢其盛，率帶畢業班出遊南臺灣。出發當天一早，大部分孩子皆已到校集合，只有少數幾個遲遲未到。等待中，突地，馬路對面小路上，一個騎腳踏車的身影，漸行漸近，車子來到馬路對面停下，躍下一個孩子，定睛一看，不就是那新轉來的學生嗎？再仔細一瞧，腳踏車後座，坐著一個小女孩，肩上斜掛著沈甸甸的背包行李，原來是哥哥騎車，載著幫忙背行李的妹妹趕來集合。哥哥接過妹妹手中行李，跨大步朝車走來，妹妹牽住車，佇立在馬路的另一頭，遙望哥哥蹬上遊覽車，沒有揮手話別的依依不捨，但兄妹情深的畫面，卻讓車上的我，看得滿心感動。

兄妹情深的事例不少，尤其在窮蹇的環境裡更為易見。「柴犬奇跡物語」是一部以日本鄉下為背景拍攝的電影，年幼的兄妹在母親過世後，與爺爺和父親相依為命。一次村毀人亡的大地震後，兄妹兩人竟趁著大人不注意，冒著滂沱雨勢，一路泥濘蹎跌，攜手勇闖災區老家，為了要救出母狗瑪麗和三隻幼犬。以大人的眼光審度衡量，孩子的天真與無知，足以令人為之擔憂愁慮，但兄妹倆人的相知相惜，互相鼓舞打氣，卻讓人感動得頻頻拭淚。

莫非困蹇匱乏的生活，人性的光輝才有淬礪的機會？物質生活的豐裕，人們陷溺於物慾的追求與滿足，反而阻滯了精神的靈修功課。在這物阜民豐的盛世年代，兄妹三人共食一碗肉羹麵的事例，是堪憐？抑是該稱羨？我想看倌心中應該自有明知吧！

2011/7/15 刊載於金門日報副刊

聲聲慢

兩旁綠樹成行，間栽四季錦花如緞，一路上美景如畫，在金門開車是一種享受。當年買車，除了載送孩子上下學，可免日曬雨淋，更可以在行進車程中，耙梳整理一天的工作思緒。每天開車在這順暢、不塞車，兩旁風景如畫的島上，心情皆是恬靜愉悅的，但偶見路中央被車輾過的小動物屍體，不免橫生幾許怵目驚心與傷感之情。

暑假，大學同學帶著兩個孩子蒞金遊玩，五天四夜的行程，身為地主的我放下身旁雜務，全心作陪。開車載他們遊遍大、小金門，上山下海，足跡遍及金門每個觸角。太武山上瞻仰課本裡的「毋忘在莒」勒石，到后湖海邊挖沙蛤，兩個孩子恣意狂喊奔跑，玩得不亦樂乎。同學自畢業分離後，這幾年才又聯絡上。大學時，就因兩人個性相仿，建立了深厚的感情。大畢兩年，搭船赴台公證結婚，初任教職的她，特地請假北上幫同學當伴娘牽婚紗，此種恩情永誌不忘。婚後各忙家庭工作，雖少有聯絡，但同窗共硯的友誼，卻不因時空更迭

而褪色。平時聯絡猶如蜻蜓點水，偶爾一通電話敘舊問安，兩人總是聊得盡興暢快，笑聲盈盈不斷，內心備感親切與窩心。

五天行程，皆趕在太陽未露臉前出門，中午，避開可曬乾人皮的酷熱時段，回屋休息避暑，直至三、四點再出門，這一出門，要直到天黑才回轉休息。土生土長在金門的我，近在咫尺的家鄉景色，平時總是忽略，老是喜歡拖拉著行李，坐長車、搭久機，舟車勞頓往外遊，殊不知家鄉的名勝風景，遠看近瞧，千般萬般皆美景。一天清早，赴林務所途中，車上四個人正為展現在眼前筆直道路，兩旁綠栽成行的美景讚嘆之時，但見遠處飛鳥三五隻，路中間正有一隻在覓食。說時遲，那時快，前面的車子疾馳而過，路中小鳥騰空飛避，誰知迎面又急駛來一輛車，就這樣，牠閃躲不及被撞個正著，全車四個人目睹那瞬間的驟變，一時驚嚇得一個「啊——」字未出口，全愣住了。

我打了靠邊的方向燈，將車停下，同學和我飛奔至路中，一隻黑色羽毛的鳥已匍匐躺在路中央，嘴角流淌出潺潺的血水，胸部仍是起伏跳著，瞧牠兩眼緊閉，一動也不動，我和同學兩眼對看，眉頭全皺了，只道一個「疼」字說不出。我輕輕捧起牠輕盈的身子，小心翼翼的把牠放到路旁草叢裡，只恨醫院只管人的死活，沒法醫得了牠的內傷。兩人默默上車，車上的孩子遞給我一張衛生紙，說：「阿姨，把手擦一擦！」一顆心不覺揪得更緊，衛生紙擦得了髒手，卻擦不了心中的疼啊！

行車路途中，常見血肉模糊的小鳥屍體，也不乏看到老鼠、蛇類被壓扁的屍體，更見過狗被車撞的畫面。多年前，一次從山外回程中，就眼睜睜看到前車直撞兩隻橫過馬路的母子狗，跟在母狗後面的小狗，硬生生被撞得騰空飛起，在空中翻了幾個身後，直挺挺躺在路中間，我趕緊減速，閃過小狗屍體，往前直駛。雖然未見母狗折返哀嚎的畫面，但一條有金門高速公路之稱的伯玉路，那天卻讓我有如駛在鄉間的羊腸小道，滿腦懸念著盡是小狗被撞，剎那間騰躍的畫面。

一般人十五分鐘可抵達的車程，我總是得多花幾分鐘才能抵達，車速雖然不快，但仍然發生過讓我搥胸頓足的憾事。限速五十公里的路段，像往常一般行駛著，突地，左側路旁，竄出一隻頸繫項圈，並拖了一條鏗鏘作響鐵鍊的狗兒，直向我的車頭撞來，突然而來的狀況，讓我連煞車減速的機會都沒，睜眼看著牠朝車頭撞了一聲巨響後，又折返跑回草叢裡，一溜煙就不見了。抱著一顆驚魂未定的心，慢速把車開回家，下車後，才發現左側離車頭燈10公分處，被撞了一個如棒球大的凹洞，狗兒竟用雞蛋碰石頭，把鐵製的車頭撞凹一個洞，其撞擊力之大可想而知。後來車子進廠維修，已完好如初，但每次再經過那路段，那張驚心動魄的畫面，總是不自覺的彈跳而出，讓我把車速放慢，小心翼翼的先逡巡一遍馬路兩旁，觀察是否仍有狗兒的蹤影？想到那撞車的狗兒，不知如今是否安在？內心更感到忐忑與不安起來。

林樹濃蔭，滿眼綠意的金門，是鳥類的天堂，到處可聽到牠們啁啾吱喳聲，牠們翩翩舞動覓食的倩影，更是多少愛鳥人士心中的驚嘆號。充滿鄉野趣味的金門，也是小動物們的樂園，處處可見牠們覓食活動的蹤影。開車的人們，若能再放慢一些速度，除了留給牠們更大的生活空間，也可以更從容的享受車程中沿途的美景，何樂而不為呢？

2011/11/13 刊載於金門日報副刊

迎龍年

一片喧嚷聲中，跨年、迎曙光活動已成昨日，舊曆年也在期待聲中漸行漸遠，期待2012嶄新的一年，能用更仁慈、寬容的腳步，走自己更穩健的一年。

熟識的年輕女同學在臉書貼文：「是不是老了，為什麼提不起勁出去玩？」道盡了年齡是心境的舵手，它指引著你前航的方向。不容置喙的，人類壽命越來越長，要跟上社會的腳步，擁有一顆好奇的玩心，將是永保年輕的不二法門，即使寒霜滿頭，齒牙動搖的深秋之齡，亦是如此。年輕時，每逢新舊年交接，遊伴們頻催召喚參加跨年活動，總會想方設法找一籮筐推三阻四的理由，讓我扮演著缺席的角色。心與外

挪威北角的日不落

界橫阻了一道厚牆，總覺得千篇一律的舊制活動，參加了跨年，參加了元旦升旗典禮，新的一年才具有意義嗎？推究當年的心態，無非是對現實體制的一種乖違忤逆吧！或許也摻雜著生性慵懶，受不住夜深、清早體力耗支的淩遲吧！

年前十幾天，跨年的氣氛就開始被炒熱，覷得電視畫面，台北捷運線人潮洶湧，到站的旅客，緊緊攜手直奔的畫面，彷若趕赴一場分秒必爭、攸關生死的約會，原來大家搶著要到101大樓前卡位，爭得好位一睹跨年煙火盛況。有的甚至搭好帳篷在那過夜，附近的商家把握這一年一次難得的商機，也忙著進貨，準備了多於平日十倍的貨品，等待著顧客上門。氣象報告一聲聲的提醒，天寒注意保暖，帶著狂熱迎新送舊的人們，也備齊了應有的裝備，包括雨衣、暖暖包、手套、圍巾、……，戰備力十足。送舊迎新的氛圍，在四周渲染開來，一顆靜如止水的心，不覺也被攪盪，好像爐上的鍋水，漸漸升溫、漸漸沸騰起來。

跨年夜，冒著冷冽寒風，來到縣立體育館，距離活動開始仍有一個多小時，宛如長龍的排隊人潮已在館外密密實實的盤旋了兩圈。夜黑寒風中，館外燈火耀眼輝煌，人人的臉上閃著熱光，滋喜生色的，不獨年輕人攜伴前來，更多年長者，邁著顫巍巍的腳步前來排隊。有全家攜老扶幼的，也有情侶、夫妻同行的。一個半小時的佇候時間，溫軟私語在四周流開，似風中舞動的白鶴，款款動人。也有高調唱和的一幕，人手一機的時代，摸出手機附耳一聽，第一句話就是：「你在哪？」……「我在大門的……」，厚道守樸的金門人，永遠是那麼的守規循矩，即使是在這人潮如湧的夜裡，渾水摸魚也不會有人跟你計較的一刻。

排在我們前面一對年過半百夫婦，一米六上下的身高，兩人話不多，但老公對老婆呵護有加，一會幫她擋風，一會搭肩護身，最後兩人竟手牽起手，雖非十指相扣，但我卻看到老婆手上那顆戒指，在黯淡的夜色裡發出熠熠的光輝。排在我們後面的情侶，則是大談天文科學，天空上閃爍的星斗，成了他們進德修業的功課，相信人生的路上，他們將永不孤單寂寞。

第一次感受到排隊的目的，並不是為了那一枚2012龍年紀念幣，等候的是那一路的過程。相信多年後，聲光絢爛的舞台上，那姓董的男主持人說了什麼話；冷冽北風下，穿短裙，光臂露腿，在台上勁歌熱舞的美女舞群跳了什麼舞，演唱會是如何轟動，拿到什麼紀念品，都將隨歲月的流失不復蹤影，但與誰一起呵手起暖，等候隊伍一步步前挪的記憶，將是腦海中永不磨滅的畫面。

元旦清早，比平日早起，天尚黑，路燈一盞一盞，發出暈黃的光芒，人車稀少，一長排路燈照耀下的馬路，有著白天沒有的靜謐與安祥，顯得格外美麗，讓人有停車下來拍照的衝動。市場上，早起的店家正拆開木門，準備著早市的買賣生意。前往運動場的路上，巧遇一位在市場賣肉粽的阿嫂，一句「新年快樂」，打開了我們的話匣子，縮短了彼此的距離，她像老師父傳授徒弟般，絮絮不休的告訴我包好粽的秘訣，炊糕裹粽沒一撇的我，亦聽得點頭如搗蒜。

來到運動場，熟悉的排隊畫面再現，阿嫂臨去前：「我先去排隊，待會你來，我讓你排前面。」一句溫馨的話語，彷如一股暖流霎時溫暖了心窩。相信在金門人的可愛與濃郁人情味下，期許2012年用更仁慈與寬容的腳步，走自己更穩健的一年。

2012/2/7 刊載於金門日報副刊

一聲「謝謝」

農曆二月二，土地公神祇歡慶的日子，女兒出車禍了！

鬧鐘響過，半夜短暫的失眠難寐，換來清晨的全身倦怠，慵懶的翻了翻身，強制不願意的身軀下床，「唉！又是一個上班日」。就在此刻，手機響了，是組陌生號碼，神智仍在渾沌中，附耳一聽：「阿姨！妳女兒出車禍了，她在……跌倒了，有點受傷，我已幫她報警叫救護車了。」半睡半醒的腦子，頓時全醒，正想回話：「怎麼可能？你打錯了吧！」話未出口，電話那頭傳來女兒驚慌的叫聲：「媽……，我也不知道為什麼，只是煞車，就跌倒了……」。顧不得其他，猶如將帥佈棋指揮大軍，冷靜的問了問大概情形，順便要了好心人名姓，連聲的「謝謝！謝謝！……」，每一聲「謝謝」，都是發自內心最崇高的敬意與感恩。

匆忙漱洗，比平日提早廿分出門，思緒雖在混亂之中，但仍不失沈靜。遠遠就看到警車、救護車頂上燈閃爍著，平時看那事不關己的畫面，總是用隔岸觀火態勢以對。如今一股羞赧襲上心頭，但勇敢已是上膛的子彈，讓我不得不硬著頭皮上陣。兩個站衛兵似的警察，併排站在街道邊，眼觀八方環

視著交通狀況。

救護車上，女兒坐在擔架上，手中持著被撞擊掉落的門牙，一臉驚嚇過度的茫然，兩隻空洞眼睛泛著無神，本應血流如注的上顎牙床，已如乾涸的河床。兩個救護員正在為她擦拭臉上的傷口，甚至在她的手指上戴測血液溶氧的指套。坐在擔架上的女兒，只是驚嚇過度，身上些許擦傷，掉了一顆門牙而已，但救護車停在可稱是金城鎮車流量最大的地段，不慌不忙的，為的只是那例行的救護程序未完成。唯一家屬的我，心底不覺一股焦慮與煩躁湧上，但深知自己並非醫學門系出身，對此專門的領域一竅不通，此時只能扮演信任的角色，極力壓抑那股欲爆衝而出的不耐。

摯友說我的盤析能力，如日漸茁壯的根芽嫩枝，有漸趨繁盛的態勢，那是失去內在真我的罪魁禍首，但工作角色的需求，卻讓我越來越走向叛離真我的路上。就像此刻，我盤析了如何跟隨救護車到醫院的方式，為了尋求更有效率的達成，我趨身問了救護車上的救護員，一聲……、兩聲……、三聲……，同樣的問題，反覆說了三遍，聲音卻像在空氣中被蒸發一樣，連一聲細微的回音都無。兩個救護員的臉上，仿如罩了一層寒霜，同樣的冷漠。我急了，大聲吼：「你們很急，我比你們更急，……」，狂爆而出的無禮聲吼，才讓他們從千糾萬纏的亂絲中抽出身來，無辜的看了我一眼，說：「我以為你在問她（女兒）。」我一臉不悅，心底暗咒：「跟隨車後的事與女兒何干？」不滿讓我失態的脫口而出：「這是什麼服務態度？」

車到署立醫院，救護員拿了表格要家屬簽字，例行的交差工作，一樣的簽法，卻可以有不同的表態，面對服務態度如此冷漠的人，據理斥責謾罵已屬多餘，我冷冷的在紙上簽下三個字，連一聲「謝謝」都吝於出口。望著三個（連司機）無辜的人影走出急診室，再瞥一眼那輛可以在馬路上電掣急駛、無所不達的救護車號碼，「１９３５」竟如山洞裡纏糾的蛛絲，深深烙入我的眼簾，嫌惡感不覺從心中油然升起，我想車子若有知，應該也會為自己的無辜而抱屈，但它已無機會為自己辯護了。

一天的驚魂，百感交集。急診室的醫生和護士，看慣了生命交關緊急場面，但仍和顏悅色的叮嚀我，經過猛烈撞擊後應注意的事項，甚至領了口內膏，我請求護士為女兒示範塗上一遍，年輕的護士也是欣然答應，沒有絲毫的不耐。當我扶著一拐一拐的女兒準備離開，走到正忙於看診的醫生旁，一聲聲的「謝謝！謝謝！」順口而出。看來好像是應對的一種禮貌而已，殊不知在一聲聲「謝謝」的包裝之下，它代表的是內心多少的感恩與敬意啊！

常叮嚀學校的孩子，平日的表現要好，校外學習或來賓蒞校的日子表現更要好。因為深知你為人的好友，不會因你一時失態而記恨於心，但對不熟的陌生人，你的一時表現，就永遠深烙在他的腦海裡。面對人生偶發的災禍，受害者或家屬的心情更需格外的呵護，突來的晴天霹靂，將是他們一輩子無法磨滅的印記，此時的一句關懷或暖語，都比冬日陽光更為溫煦，讓他們永世銘記在心；一時的錯誤言語舉措，造成的又豈是一時的憎恨，那將是永遠無法沈澱的黃河水啊！身為服務工作者，能不格外謹慎嗎？

2012/3/28 刊載於金門日報副刊

看電影

繼去年文化局上演電影「賽德克巴萊」免費招待縣民後，這陣子又陸陸續續有免費電影可欣賞，甚至連環保局也利用週末放映環保電影，鼓勵公職人員看電影拿研習時數，看電影在金門有愈演愈熾之勢，儼然成為一股流行風潮。

「看電影」並不是一個陌生的名詞，尤其對五、六十年代以前出生的人而言，那更是一個美好的回憶。看電影有印象，除了跟母親回外婆家看金西戲院的電影外，就屬每年兒童節看免費電影了。兒童節當天，學校例行會為小朋友準備糖果包，用釘書機釘裝封口的小塑膠袋，裡面裝著糖果餅乾，全是解饞的零食。糖果是五顏六色的水果糖，一顆含在嘴裡慢慢溶化，味蕾浸在蜜糖中，連說出的話都是甜滋滋的，若等不及它溶化，「喀吱喀吱」咬得滿嘴響，彷彿糖果與牙齒在打架較勁般。餅乾則是單一的番仔餅，有圓有方。小小一包捧在手心，小心翼翼宛如護寶般，捨不得馬上吃完。領了糖果包，全校集合步行到城區看免費電影，來回七、八公里，連一年級的小朋友也興致昂揚，沒有人會喊累叫苦。

當天上午電影院歇業，包場免費招待學區的兒童，漆黑的電影院內，全是小鬼頭的天下，一片吵鬧聲中，老師喊安靜的喝斥聲，猶如穿插的節目廣告，但唱國歌幾分鐘的安靜後，接下來說話的說話，追逐的追逐，黑漆漆的電影院，彷彿幽靈世界，魑魅魍魎各顯神通。真正能安靜坐在椅上欣賞者少，電影演什麼？毫無印象。現今孩子能在電視、電腦虛擬境界下，有著耐磨久坐的能耐，是當年孩子所欠缺的，因為廣闊的大自然原野，才是他們鍾情屬意的大舞台。

一場免費招待的電影，感受的是過節氛圍，真正能夠享受看電影樂趣的少之又少。平日幾家電影院播放著二、三輪的電影，票價雖然只是區區幾元，但唯有家境許可，識得其中樂趣的人，才得以「有錢有閒」大飽眼福。鄉下的孩子，課餘忙著協助農作家事，是難得有那等福分，除非是過年，或是遇到此等類似兒童節免費招待的機會。

進電影院看電影，對鄉下的孩子而言，是可遇不可求的。但軍民一家的戒嚴時期，鄉村廣場或郊野營區，夏天晚上常有電影犒賞慰勞阿兵哥，席地而坐的觀眾不拘限人數，免費招待吸引了鄰近村莊蜂擁而至的大人小孩。看露天電影，那又是生活在城區的人所缺少的體驗。

近年，在科技進步之下，電影院敵不過家庭影劇設備的普遍，金門的電影院一家一家的歇業，看電影變成了大螢幕與聲光撼動的感官追逐。在台北看電影的觀眾，大多是就讀大學以上的學生，他們沒有課業升學壓力，利用課餘三兩結伴看電影去。看電影成了吸收新知，增廣見聞的娛樂活動。

有此等嗜好與需求者畢竟屬少數，所以電影票價也水漲船高，比小時貴上百倍，但趨之若鶩者仍有。尤其是盛夏酷暑假日，買張票，鑽入冷氣十足，有時還得自備薄外套的電影院，享受一兩個小時的涼爽與聲光娛樂，那應是一項不錯的選擇。過去孩子在電影院追來逐去的三等觀賞環境，現在已提升為連手機都需調成靜音，若吃零食不慎發出聲響，還會招來鄰座的一頓白眼。除非片子適合全家一起觀賞，否則也難見帶孩子看電影的畫面。

過去偌大的電影院，一部影片數百人共賞不足為奇，一張票區區幾元，看電影是「俗擱大碗」，薄利多銷；現在看電影是「貴仙仙」，一張票兩三百元是正常價格。一家電影院分成了數個廳，每個廳演的片子都不同，院方會依片子的賣座情形，安排大廳演，或是小廳播。曾在一間小廳看過一部不甚叫座的片子，幾排座椅，寥落坐了幾個人，彷如自家客廳般。待散場起身，左右環顧數了數，加上自己也不過六、七個觀眾，這種小而美的觀賞方式，與過去那浩如市場的景觀，真有天壤之別，令人不覺為之莞爾發笑。

時間的腳步越是匆促，工作越是忙碌，越是感受到休閒娛樂的重要性。利用假期出國旅遊，已成為當今人們忙碌生活舒壓的期待，但漫長假期畢竟不多，旅費也所費不貲，若有家累、寵物的牽絆，一趟十數天的旅遊，更是一樁可遇不可求的美事。何不利用假日，來場聲光娛樂的饗宴呢？期待金門的電影業能重返過去的榮光。

（後記：２０１４年，金門終於有了兩家嶄新先進的電影院）

2012/5/31 刊載於金門日報副刊

34年前

34年，三分之一世紀，漫長久遠，瞬息卻如白駒過隙，歷歷猶如昨日一般。

34年前，一群荳蔻年華少女踏出校門，各奔前程。時間的滴漏悄然鑽入地底，隱然不見蹤跡，同學亦如天上斷了線的風箏，各奔前程。維持魚雁往返的也在事業、家庭的淘洗之下，漸漸失去了聯絡，終如天上參商兩星，各據東西，難忘卻難見。

34年後，一通莫名的電話，猶如天籟之音，捎來了好消息：「要開同學會了」、「在台北」、「34年後的聚會」、「……」，平靜心湖恍如被投擲了小石，頓生漣漪圈圈，泛起一波波的回憶情思。是啊！這場闊別34年的盛會，我怎能缺席啊？

101年5月在台北舉行高中第24屆同學會

熙來攘往的南京東路捷運站，百貨公司旁的小巷口，古樸淳厚的餐廳，雖然沒有明燈的晃爍，但廿幾個人捎來的切切思念，讓幽暗的餐廳溫暖酣熱起來。每一個真摯的擁抱，都是那麼的真情流露，眼眸泛著淚光，笑意卻在每一個人的臉上蕩開。34年前的青澀回憶，就在眼前如浮光掠影一一呈現。

畢業那年，教室就在二樓樓梯邊，「和尚班」與「尼姑班」的年代，全班三十幾個清一色情竇初開少女。在升學與就業十字路口徬徨，帶著些許早春的氣息，幾個頗具姿色不愛唸書的，放學後，總是默默守候在窗邊，等候那頭戴大盤帽的男生經過，然後匆匆擒提了書包，望著同學疑惑的眼神，慢悠悠的抛下一句：「我正好也要回家。」王子和公主就那樣相偕下樓去，在那青春洋溢的年紀，是多麼羨煞人的一件事。多年後，方知「福禍相倚」的道理，他們的前程，並未如躲在教室一角默默啃蝕書本的醜小鴨耀眼。

金門在地的老師奇缺，三年換三個導師，全是渡海而來的臺灣人。高一教生物的陳貴年老師給我的印象最深，一頭短直清湯掛麵，永遠一襲素樸的褲裝，個性文靜內斂，是個默默守候照顧學生的好老師。教了一年，那年暑假她要調台，班上為她舉辦惜別會，久久不見她的身影，同學至宿舍三邀四請，她執意不肯現身，後來得知她無法面對那感傷的場面，所以寧願讓43雙期盼的眼神失望。高二換了一位羅老師，一樣年輕貌美，但臉上厚厚的彩粧，配上寬邊的墨鏡，讓人永遠無法捉摸她的真實面目，正如她無法擒獲那時冷漠的我一樣。

高三，導師是淡江大學畢業的英文老師，個子嬌小，有著一張娃娃臉，平時溫馴如綿羊，一點都不兇悍，但上課認真得很，對上課打混的同學，背身板書的她，猛一轉身，粉筆就擲過來，百發百中，例無虛發。有次不知那位同學帶來煮熟的玉蜀黍，她慢條斯理的剝一粒，放嘴巴一粒，一根玉蜀黍吃了半天未見減短，那斯文吃相，讓生活在狼吞虎嚥的我，方知原來人間尚有不缺衣食的天堂。

學校沒有辦理午餐，一到中午，城區家長就為孩子送來便當、湯鍋，裡面裝著熱騰騰的飯菜。鄉下的學生，只好自帶便當，學校發了一個兩層式便當，上層便當盒，底層裝了燃油可保溫，到中午時，飯菜仍是溫熱的。沒有準備的就到福利社購買，一個便當10元，兩人合買共食，算是奢侈的消費，總是被吃得清潔溜溜，盒底朝天。那個年代，沒有「減肥」這個名詞，字典裡只有「餓」這個字。班上有兩個女生身材較為壯碩，應屬「環肥」之列，一個臃腫得兩眼瞇成線。一次午餐，看她狼吞一個青蔥麵包，數數七口就吞完下肚，從來沒聽過她說自己胖，更沒聽她嚷過要減肥。多年後再見她，已是苗條媽媽一族，不知是否後來搭上「減肥」班車所致？

學校幾個教官，個兒矮又年老的，升旗台上總是嘮叨沒完，給他取綽號叫「阿婆」；年輕又高帥的，走起路來抬頭挺胸，腋下夾盤形軍帽，一副虎虎生風，只差沒踢正步，同屆幾個女生被他電得神魂顛倒，甚至大演爭風吃醋醜戲，成為全校同學課餘的笑談。

歲月如梭，為賦新詩強說愁的芳華之齡，一晃眼，竟悠悠走到了初秋之紀。人生啊！不過雲淡風輕一場，再怎麼的痛苦，再怎麼的快樂，都終將隨流水成為過去。把握當下的每一刻，即使逝者如江河之水，不捨晝夜，但至少行至水窮處，坐看雲起時，還有一頁頁絢爛的扉頁詩章可回憶，就如34年前……。

2012/6/26 刊載於金門日報副刊

後浦小鎮

肅穆高聳的一級古蹟牌坊，吸引了絡繹不絕的觀光遊客。每到黃昏，周圍商家，彷彿是清早才掀門板做生意的早店，開始忙碌起來。一時遊客雜沓，人聲鼎沸，這一群遊客走了，另一團的觀光客又來了，好像一波浪潮退了，另一波浪潮又襲來。賣小吃麵食的，糊春捲皮的，鹹粿炸的，炸蚵嗲、春捲的，各使出看家本領，招引遊客駐足的目光。早上賣豆漿、燒餅的才歇下不久，這回老板收了早市的傢私，第二輪迴又上場，在店門口架起了柴火爐，夫婦倆當場就烤起了蛋捲。薄薄如蟬翼一層，捲成滾筒狀，完全的手工製作，入口脆而香，少了一般蛋捲的甜膩，卻多了一股獨特的清香。小小一袋索價約六十元，價格不菲，但嘗鮮的遊客仍不少。

遊客與在地人顯然不同，從穿著打扮就可看出端倪。遊客通常是一只旅包斜掛或後背，手握相機，一雙充滿好奇的眼睛，到處東張西望，踩著悠閒腳步漫遊著。日照強烈時，遊客頭上那頂遮陽帽，與在地人撐傘行色匆匆，更是截然不同。太陽西斜後，聚集在菜攤子前的大多是在地人，兩隻眼睛像探照燈逡巡著攤上的生鮮魚蔬，嘴裡喃喃唸著，兩手忙著扠指輪算，腦裡盤思著應該是今晚菜色如何搭配，少蔥加蒜的，若再配個鮮紅的蕃茄，應該更絕美了。專注的眼神，常常無視於周圍那熙來攘往，近乎吵雜的觀光客群，好像他們只是過境的蝗蟲，搜括飽囊後就會離去一般。

三、四家貢糖店，一字排開，店內佈置如出一轍。一不注意，多走了兩步，就錯過這家，走進了另一家。店鋪前最醒目的攤架上，鋪滿了各顏各色的零散貢糖，有甜有鹹，有豬腳有酥貢。牆邊角落則是牛肉乾、花生、麵線，還有各種曬乾的海產。把一爿小小的店面，排列得好像一件精心縫製的拼布百納被，五彩繽紛中自有其規矩。剩下窄窄通道，勉強一人可通行。這家店的老板娘徐娘半老，風韻猶存，頭上染過的棕髮輕挽了個髻，耳鬢掉落的幾綹髮絲，更添嫵媚。看她一臉笑盈盈，面對如蜂群擁至的顧客，一邊忙著回答詢價，一邊稱斤、收錢、找錢，忙得如千手觀音般。遊客似蜂蝶覓著花園般，有的掂起一把蚵乾就鼻嗅聞，有的湊眼端詳紫菜乾，更多的人忙著塞貢糖進嘴，人人嚼得嘖嘖有聲。但試吃的人多，真正的買客少。一旦有人掏錢買貨，緊接著就會有人跟上，一時彷彿一陣後浪襲來，人人急湧而上，恐落人後，買氣常是這樣受感染而熱絡起來的。

一群蜂蝶吸飽花蜜後，在導遊聲聲催喚之下，依依不捨的離去，臨走前，不忘順手再拎塊貢糖塞進嘴裡。老板娘一聲聲「再閣來、再閣來」，目送遊客離去後，像顆洩了氣的皮球，急忙挨著椅子坐下喘氣歇息，一臉疲憊態樣。從清早忙到黃昏，除了頭腦數錢要靈光，手腳要俐落，眼睛更要隨時盯著，防著順手牽羊不付錢的宵小，鐵打的身子也消受不了，若不是生意獲利不差，有誰願意每天如此操勞呢？

人潮最聚集處，應該是在貞節牌坊正後方的炸蚵嗲攤子，團團圍了一圈人在等候。兩個油鍋，老板娘約四十沾邊，短髮，戴著口罩。她左手持蚵嗲杓，右手熟練的把切得細碎的蚵嗲菜蔬，堆疊在杓上，然後澆淋上一層粉汁，最後再持杓入鍋油炸。第一鍋炸約六、七分熟，撈起再入第二個油鍋繼續炸。常年伴在油鍋旁，看她滿身油膩，連頭上青絲也是閃閃發亮，好像塗了層髮油般。那頭烏亮頭髮，總是讓我想起小時候阿嬤髮上塗的桂花油，不知是否因常抹桂花油，八十多歲的阿嬤，永遠是一頭烏黑油亮的青絲。

為應付大排長龍的買客，老板娘忙得如三頭六臂般，無暇再支手做其他。另一個副手幫忙將炸好的蚵嗲裝袋，收錢、找錢，最後還不忘扔包醬料進紙袋。除了炸蚵嗲外，也炸春捲、芝麻球、切條地瓜，但以炸蚵嗲最搶手熱賣，遠來的觀光客，寧可花時間排隊等候，也要嚐嚐金門的蚵嗲。買了蚵嗲，有的當街就在牌坊下吃了起來，有的則是邊走邊吃邊瀏覽街景，除了慕名而來的第一級古蹟貞節牌坊，還有拐個彎就可看到的模範老街，再多走幾步路就可抵達的總兵署，更有穿過只許一人通行的窄巷，就可膜拜文昌君的奎閣。雖然都是些小廟家堂，上不了國家世界檯面，但漫步遊走在這純樸的小鎮，除了可呼吸到濃郁的人情味，還有言說不盡的溫馨與自在，彷彿大餐豪飲之後的品茗清香，頗有滌塵靜心的作用。難怪每天的遊客如潮汐般，今天這波走了，明天下一波又來了，永遠不息……。

2012/11/16 刊載於金門日報副刊

誰願意

算不上老社區，縱橫交錯的巷弄整齊劃一，車子行駛其間，需小心翼翼的放慢速度，而且還得眼觀左右、耳聽八方，留意兩側狀況和突然竄出的車子。稍一閃神疏忽，可得花錢消災，有請「錢爺爺」出面方能了事。

那天，我端了一杯水，杵在窗前發愣。主巷道一輛白色驕車正順順當當的行駛而來，與之交錯的小巷弄，突然冒出一輛藍色小貨車。說時遲、那時快，我一怔，一聲「啊」還未出口。兩部車就像久別情侶，一段距離飛奔後，緊緊的相擁親吻在一起。我心想這下可慘了，好戲就要上場。

果不其然，兩車駕駛立馬下車。白色車主長臂一伸，指著一臉慘白的藍色車主，劈頭就一串吼：「你是怎麼開的啊？」「沒長眼睛嗎？」「哪有人這樣開車？」……。藍色車主一臉慘淡陰沈，不發一語，繞了扭成一團的兩車一圈後，蹲下身，湊頭看了看相撞的部位，沒好氣的說：「我也不希望這樣啊……」。

白色車主得理不饒人，連環砲似的數說著對方的不是。藍色車主把頭一撇，悶不吭聲回車上發動車子，蓄意把車子倒退抽離，但兩輛車如被鑲嵌住的緊黏在一塊，他的努力最後還是徒勞無功。白色車主開始打手機，簡單幾句，彷如帶著幾噸炸藥，十尺之外，站在一窗之內的我，都感到有瞬間爆破，慘遭波及的威脅。社區鄰近派出所，車頂閃著紅藍警示燈的警車，常穿巷過弄的來回巡邏，這條主巷道是它的必經之路，每天來來回回，比人一天吃三餐加點心、宵夜還勤快。有時半夜醒來，瞥見窗外紅藍燈光閃爍而過，一股溫馨與敬佩之情悄然浮升。離派出所只有百步之遙的車禍現場，不稍片刻，警車就駕臨來到。一時巷道圍堵觀看熱鬧的人還真不少，這種場面多熟悉啊！但「當局者迷，旁觀者清」，有幾人能窺得其中奧秘？

很多做父母的，每當孩子犯錯，就像被暗地設計吞了炸藥般，開始發飆，炸藥四處濫射，孩子總是被這突如其來的聲勢，嚇得彷彿驚弓之鳥，猶如樹上之寒蟬而忘了犯的錯才是重點。這樣歷練多了，孩子漸漸學會了怎樣閃躲，才不會被炸藥傷到。他開始避重而言輕，開始閃左右而言其他，開始……，學會了將過錯推諉給別人，千錯萬錯都是別人的錯，不是我的錯。最常見的例子是孩子放學回家面告父母，永遠是先用「加乘法」大聲說同學的錯，自己的錯用「減除法」擺在後面小聲的說，甚至不提。

兒子自小就聰明穎悟，但生活習性散漫。大一讀完，暑假即將來到，學校住宿需重新上網填報申請，他竟渾然不知，待覺知時，已錯過申請期限，他悔意甚重。在大不易居的台北市，外宿房租貴是其次，想到每天要費時在通勤上，而且外宿環境必定未若學校宿舍的單純。他跑了很多趟教官室，誠心誠意去跟教官道歉，最後亡羊終於得以補牢，住宿之事獲得完美結局。我撥電話向教官致謝，彼時方知，兒子扛下全部的責任，不推諉自己的過錯，才是他獲得彌補機會的主因。

人之會犯錯，就像鉛筆頭附著橡皮擦，人若不會寫錯字，何需橡皮擦之發明？也不會有立可白、立可帶的需要。犯錯的原因應該只有兩種：一是經驗不足，另一是輕忽。兩種無心之錯，有時尚無法彌補，造成終身悔恨。但還有第三種錯，那就是故意犯錯，原因就牽扯上複雜的人心作祟了。蓄意犯錯，造成的傷害可能就更大了。

「人心難測」，難在人是有七情六慾的動物，一顆難以捉摸的心，左右著每個人的行事風格，也構成了錯綜複雜，難以言說的因為和所以。兩個有智慧的人共事，絕對不是數學題目1＋1＝2那麼單純可計算；滿分老公娶了滿分老婆，他們的婚姻未必也就是滿分。王子和公主從此過著幸福美滿的生活，只有童話故事裡才會出現。

撇開前兩者犯錯的原因，有誰願意犯錯呢？又有誰願意把事情做糟呢？經驗不足和恍神輕忽，可以透過熟練與專注加以補強；至於對蓄意犯錯的人，是不是更需要一帖「揪心」的感動劑？

2013/1/21 刊載於金門日報副刊

路上

一早，東邊雲層透著天光，車子駛出臨海漁村，瑟瑟風中，隱約夾雜著陣陣浪潮聲。候車亭裡，一位老婦人，戴墨鏡，手挽提袋，皤皤白髮，每天總是準時到來，孤單的身影伴著沈穩靜寂的車亭，彷彿一曲流唱不輟的千年絕唱。

一個國中女學生，一臉睡意，長髮披肩，戴手套的雙手摀著半邊臉，邊走邊呵氣的往車亭走來，腳步清閒安逸，看來離公車到站的時間還早。路的兩旁是錯落的獨棟屋宅，猶如天使從天散落一地的珠子，熠熠生輝，各領風騷。臨海一邊望去，灰濛海面上，兩併排的黑色長椅，迤邐出海，編織著這小島百姓共同的夢想。遠方的島嶼，籠罩在山嵐霧氣之中，如真似虛，一如人生。

小路叉口，一棟獨門深院，屋旁幾株苦楝樹高聳蹫頂入天。傍晚路過，驚見滿枝椏的鳥影晃飛，喧鬧吵雜的鳥聲，有如天黑覓不著親娘的孩童叫聲。我停步豎聽細看，繁衍的八哥家族棲息之處。想來人世紛紛擾擾，獨門宅院雖深深，但如何閉門清修？

一群群早起的八哥，隨著車來車往，在路中翩翩飛舞，此起彼落的覓食。我放慢車速，避過一群，又閃過一群，路面上曝曬過的酒糟和高粱穀粒，成了牠們豐盛的早餐。牠們雖不若候車亭的老婦人和女學生，生活有著既定的行程目標，但我若較晚出門，仍會見不著牠們的蹤影。

幾塊貧瘠的沙田，一片翠綠，如一塊綠色地毯。矮矮株苗中，赫見幾點紅、紫、黃、白花，走近一看，種的是波斯菊和油菜花。去年，波斯菊花田，吸引了路過和遠來的遊客停車佇足欣賞，一時車水馬龍，傳為美談，為農曆新春增添喜氣，也為新春踏青多了一處好風景。屈指一算，花田齊放之時，將是新年來到之時，屆時賞花人潮又將重現。新春種了波斯菊，初夏又栽植太陽花，一朵朵碗大的黃色太陽，彷彿人間一顆顆向陽奮發的心，帶給路人莫大的歡欣鼓舞。想到這，陣陣欣喜與感恩，悄悄襲上心頭，感謝那幕後默默付出的人。

車再往前行，兩旁的行道樹，此時花朵已漸漸凋萎疏落。盛夏時分，花朵在風中翻飛，猶如一團團黃色的繡球，執意要抛給路過的有情人，可惜哪！可惜……，這端眼波望穿秋水，那端人兒何方？

車過全島生意最旺的賣場，不見門前成排手推車，昨夜人聲喧嚷，此時寂靜一如空城，偌大的停車場，只有一輛摩托車孤獨守候。有時風光，有時寂寥，人生如潮起潮落，得失之間，不都只是路上的一處風景而已？

車過城市文明的標誌——紅綠燈，城鄉之分立判。過去全島最高學府金門高中，如今已屈居第二。校門口，教官、保全每日站崗值勤，風雨無阻迎接學子入學。七點一過，值勤的人兒就內收，只見遲到的人影，一臉慌張，低頭趕路。再過一個紅綠燈，這兒是小鎮的熱鬧區段，文明寵兒7-11門庭若市，叮咚叮咚之聲不絕於耳。隔鄰的包子饅頭店，更是大排長龍，一個12元的饅頭包子，外加一杯10元的豆漿，就足以支撐一個早上的活力。

車行下坡，全島學生人數最多的國中，路況複雜的三叉路口，導護老師、志工、替代役全出籠。偶見站在角落的校長，常穿一件褐色格子西裝外套，他眼觀八方，不時點頭問早，雙手更是不停歇的拍手，除了給自己鼓勵，也為準點來上學的孩子掌聲。

車再過紅綠燈，文明城市遠拋身後。一池波光瀲灩，水面雲影天光，偶見白影飛掠而過。車轉個彎，高聳的莒光樓矗立眼前，一輛車窗掛著黃色條布的白色轎車，總是準時出現在厚實圍牆外的路沖中央，兩個站在車後練功的男女，猶如下凡的天神向著人間甩塵拂。古老的廢棄小學圍牆外，張掛了各式各樣的標語條布，無非是「法輪功」的是是非非、對對錯錯。有時湊巧遇著當事人，個兒嬌小的女人，頭戴藍灰色鴨舌帽，低頭整理著那被風吹落的條布。心中不覺感觸良多，每個人心中都有執著的苦，都有自己未完成的功課，只是啊！只是……，過了這帆又那帆，船過水無痕，過盡千帆皆不是啊！

「前方常有測速照相」提醒著駕駛車速不宜過快，路上的風景宜慢慢欣賞。十幾年前，兩個騎機車的高職男生，一頭栽進了路旁的陰溝，這一去，就沒有回來。繪聲繪影的流言再怎麼傳說，也抵不過自己是駕車的主人，車速快慢由自己作主。人生的路上，何嘗不也是呢？

2013/1/30 刊載於金門日報副刊

慢慢找家

太陽西下，遠方紅白相間的巨柱，漸漸被暮色掩住，海面被夕陽染成一片紅色，像金光閃閃的桌布。慢慢在海邊泥灘地，等待爸爸媽媽回來，但是一直看不到他們形影不離的身影。餓得咕咕叫的肚子，讓他不得不用螯肢尋找細小生物或碎片填飽肚子。他看著大輪船慢慢駛離港口，船上坐滿了向岸上揮手道別的旅客，他們要到對岸的大陸去。船駛離後，海水掀起一波波的水浪，也留下了一股難聞的汽油味，慢慢感到一陣噁心，慢——慢的嘆口氣：

「怎麼啦？以前不是這樣的啊！……」

慢慢聽爸爸說過，爺爺的爺爺的爺爺在三億年前就住在這兒了，連恐龍家族都比我們搬來得晚。慢慢喃喃自語著，最後下定決心。

「我——要離開這兒，明天就出發……。」

一大早，天未亮，慢慢被一聲聲的叫聲吵醒，他睜開眼睛一看，原來是經過長途飛行的燕子先生，他身上的燕尾服還沾著露水呢！

「慢慢——，好久不見了，近來好嗎？」燕子像紳士一般，禮貌的向慢慢問早。慢慢揉揉惺忪的睡眼，慢——慢的回答：「燕子先生啊——早！啊……，春天來了嗎？」

燕子點點頭，微笑指著身旁的燕子小姐。

「她是我的朋友，以後請多指教。」燕子小姐害羞的向慢慢鞠躬。慢慢敲敲自己的頭，好像喝多了高粱酒，醉醺醺的紅起臉來。

其實慢慢的動作一點都不慢，因為動作快，所以常常摔跤，有時不小心翻了個大筋斗，掙扎了半天還爬不起來。媽媽因此叫他不要急，不要急，「慢——慢—來！」久了，大家都叫他「慢慢」。

慢慢看著燕子先生和燕子小姐比翼雙飛，幸福的朝著美麗的島上飛去，心中默默的祝福他們早生貴子，孵育小燕子長大後，夏天可以平安的飛回他們的熱帶故鄉。

太陽升起後，慢慢動身出發了。他爬啊爬，爬了很久，終於來到一條溪流出口處，茂密的紅樹林下，彈塗魚跳跳正和他的兄弟們在泥漿中打滾玩耍，看到慢慢的來到，他們停下來打招呼。

「嗨！你好！你要到哪兒去？」

「我要去找一個適合居住的家，不知道這兒有沒有適合的房子？」

跳跳低頭看看自己身上的衣服，有點難為情：「我們這兒有點髒，因為附近住家排放的髒水都流到這兒來了。」

「你再往溪裡找找看，這條溪很長，說不定裡面會有比較乾淨的房子。」彈塗魚弟弟接著說。

「哦—！那……我再往前找找看，謝謝你們——。」慢慢向彈塗魚們揮手道別。

慢慢沿著溪流往前爬，在溪流中間碰到了正在享用魚大餐的水獺爺爺，水獺爺爺聽了慢慢的話後，撫著鬍子說：

「歡迎你來跟我們一起住，但是——，這兒水很深，而且清淡無味，嗯……，還有——，你的年紀太小，恐怕——不太適合。」慢慢只好依依不捨的向水獺爺爺告別。

經過六個月的爬行尋找，慢慢還是沒有找到他想要的家。這天，他來到一座海邊的湖，海邊有很多人在觀賞落日，一座寫著「慈堤」的橋，橋上有很多人在釣魚，湖水清澈見底，風景非常優美。慢慢心裡想：「這應該是我要找的家了吧！」

那天晚上，慢慢進入甜甜的夢鄉。半夜中，他被一陣一陣襲來的痛楚驚醒，發現自己身上的衣服又在褪色，而且也漸漸的裂開，他痛得哇哇叫，叫聲吵醒了睡在樹上的鸕鶿一家人。鸕鶿媽媽裹著黑色厚外套，冒著寒風前來，她摸摸慢慢的額頭，很焦急的問：

「你——怎麼啦？那裡不舒服？……，要不要看醫生？」

慢慢搖搖頭：「謝謝鸕鶿媽媽的關心，我沒事的。」

「這不是第一次了，媽媽說我要換16次衣服才會長大，這點痛我撐得住的。」慢慢說完，指了指樹上正在睡覺的鸕鶿一家人。

「吵到你們睡覺，明天一早你們還要出海去捉魚，真是不好意思。」

經過一陣日子休養，慢慢的身體漸漸復原，他換了一件又新又大的外套。他每天看到車子在橋上來來往往，帶來一群又一群看落日、釣魚的人，好不熱鬧。但是…，吵鬧的車聲和人聲讓他感到頭疼，雖然有好心的鷸鷥做鄰居，他還是比較喜歡安靜的環境，所以他向鷸鷥一家人道別，繼續踏上尋找家的路。

慢慢一路上碰到了不少跟他一樣身穿鋼盔的同伴，他高興極了。這回他來到一處沙灘，放眼看去，一行行蚵仔們住的房屋整齊排列著。海水漲潮時，蚵仔們就爭相搶食著海水帶來的食物。一天晚上，慢慢因為太想念媽媽而睡不著，他從被窩裡爬出來，聽到一陣陣的竊竊私語，他豎著耳朵仔細聽，原來是蚵仔們在談天。

「戰爭好可怕啊——，希望兩岸的人不要再打仗了。」

「聽說上回兩岸的人打架，很多子彈就落在我們這裡，很多蚵仔爺爺和奶奶都被炸傷了，有的甚至死了呢！」

「啊——，好可怕哦！……」

「更可怕的——，是……找不到醫生，那才可憐呢！」

「血一直流，一直流……，」

「……。」

蚵仔們你一言，我一語的談著戰爭的可怕。慢慢越聽越害怕，全身不禁發起抖來，趕緊悄悄的躲回被窩裡。

東北季風越來越強，好像發怒瘋狂了一般，把樹葉吹得啪啦作響；又好像在玩樂一樣，猛抓起一把黃沙再狂撒。慢慢在途中，好幾次差點被吹翻身子，他挺硬身子，冒著強風繼續往前走，爬累了，他找一塊岩石坐下來休息。抬頭一看，遠處一座花崗石高山聳立在眼前，非常雄壯威武，慢慢正要跟山伯伯打招呼，突然傳來：

「小朋友——，你要到哪裡去？沒跟著媽媽……，不要到處亂跑哦！」

慢慢被嚇了一跳，轉頭一看，原來是穿紅斗篷的風獅爺爺，手拿令箭，威風凜凜，一邊張著大嘴把強風吞進肚裡，一邊問著他。

「我——，我…要去找一個適合住的家，媽媽沒有回來……。」

慢慢害怕的回答，說到「媽媽」，眼淚就不聽指揮的流了下來，最後放聲哭了起來。

「不要哭——，不要哭——，這裡風太大了……。」

「你往前直走，向右轉個大彎，那兒有個漂亮的港灣，說不定可以找到你要的家。」

慢慢聽了風獅爺爺的話，不休息的爬啊爬，終於來到有著大內灣的港灣。

「哇——！真是漂亮……。」慢慢不禁發出讚嘆聲來。

但是……，這景象怎麼這麼熟悉啊？一艘、兩艘、三艘、……，慢慢數了數，港灣內停了很多輪船，有的在卸貨，有的鳴笛正要駛離港灣，這裡跟慢慢原來住的家太相似了。慢慢搖搖頭，離開了港灣，沿著沙灘繼續往前爬。

海灘很乾淨，海沙越來越細白，船也不見了。但是……，人怎麼越來越多？大家赤著腳在沙灘上跑來跑去，有的玩水，有的挖沙蛤；有的游泳，有的堆沙堡，有的……，這兒真是熱鬧極了。

夜深了，慢慢聽到沙蛤一家人在說話。

「阿妹……，如果媽媽明天被人挖走了，你要好好照顧自己。」

「不──要，不要──，媽媽不會被人挖走，媽媽不會……。」沙蛤妹妹哭了起來。

「孩子的爹，你明天要躲深一點，不要被發現，我們全家都需要你……。」

沙蛤爸爸一臉凝重，全家人陷入一片愁雲慘霧之中。

一早，慢慢正準備動身，碰到從木麻黃防風林飛出來的麻雀小姐。

「早安！妳睡醒了，昨晚睡得可好？」慢慢禮貌的向麻雀小姐問早。

「昨晚一覺到天亮，感謝木麻黃先生提供舒適的床舖。」麻雀小姐一臉幸福的回答。

「這都要感謝阿兵哥們，他們花了很多的心血在照顧我們，我們才能長得這麼高大強壯。」木麻黃抖擻著粗壯的手臂說。

「木麻黃除了提供鳥家族舒適的住屋外，還幫忙遮擋了強烈的海風，讓島上的人民可以安居樂業，功勞真是偉大。」剛從石縫鑽出，頭插五彩羽毛的戴勝伯伯翹起大拇指說。

慢慢告別了大家，繼續往前爬。爬啊爬，在一座沙壁前，他遇到了準備出門的栗喉蜂虎哥哥，他穿著鮮綠色衣服，眼睛還畫著深黑色的眼線，栗色的圍巾在陽光照射下，顯得閃閃動人。慢慢大聲叫：

「栗喉蜂虎哥哥——，你要去哪裡？你今天真是——帥—呆—了。」

「啊—，慢慢——，快—來不及了⋯，我約了女朋友要去古崗湖泛舟賞花呢！下回有空再聊。」

看著栗喉蜂虎哥哥神采飛揚，臉上洋溢著幸福，慢慢非常羨慕。想到自己離家已經三年了，連個新家都還沒找到，心裡就難過起來。媽媽曾經告訴過他，做事只要有恆心，最後一定會成功。他抬起頭，充滿信心的告訴自己，一定會找到屬於自己的家。

爬過一個大轉彎，慢慢繞了這座島一大圈，又回到他原來的家。爸爸媽媽還是沒有回來，但是他遇到住在他家隔壁的歡歡。

「你到哪裡去了？很久沒看到你——。」

「大家都很想念你，⋯⋯」歡歡瞇著眼睛看著慢慢。

幾年不見，歡歡變漂亮了，變成亭亭玉立的小姐，慢慢不禁一陣臉紅，心怦怦狂跳，他發現他有點愛上歡歡了。

從此以後，慢慢和歡歡常常在一起玩，一起散步，一起找食物。快樂的日子好像很美好，但慢慢的臉上總是罩著一層愁雲，笑得很勉強。一天夜晚，兩人散完步，正要離別時，歡歡關心的問：

「怎麼啦？這陣子看你好像不是很開心。」

「我想離開這兒，找一個比較適合的地方住下來，但是⋯⋯，一直找不到。」

「哦——，原來是這樣子，我還以為你不喜歡跟我在一起呢！」

「找房子啊－，這簡單──。」

「聽說友善的島上人民在古寧頭，為我們家族建造了一座「活化石」的社區哦！如果你真的想離開這兒，我們可以一起搬去那兒住。」說完，歡歡的臉就紅了起來。

黑暗中，慢慢和歡歡緊緊相擁在一起，他們決定明天搬到古寧頭的「活化石」社區，一輩子作夫妻，永遠不分開，而且要繁衍子孫一代，又接一代……。

天使與魔鬼

進入候機室，在這乍寒春暖時節，室內的冷氣仍讓我不禁打了個冷顫。尋得一排座位最靠左坐下，不稍片刻，一群喧嚷之聲襲掩而至，所有的座位皆坐滿。一位六十沾邊的婦人，體態豐腴，白圓臉、短卷髮，挨著我的右邊坐下。另一位與她寒暄的同伴，年紀輕些，身材略瘦，膚色也黑，就站在我的左邊，兩人像久別重逢的朋友互相聊起來。我夾在中間，坐得很不是滋味，心頭正在猶豫是否該起身讓座。

「夭壽……哦！阮祖子帶我去看拳頭師，伊說我的肉生連在一起，要拆一拆。」「痛啊！親像在拆手扒雞相款，伊出力的壓……壓…」「我大聲小聲出力的叫，拳頭師講哪有人這樣叫的？」坐著的

中正紀念堂拱門

婦人一邊笑，扯直喉嚨口沫橫飛的說，一邊比手劃腳作拆壓的動作。我噗哧一聲也跟著笑了出來，原本想要讓座的尷尬之情，一時竟放了下來，絲毫無侷促之感。

「阮祖子講若要好，就要繼續去看。」「我驚得要死，驚若這樣拆下去，以後就不能走路了。」「生意好得不得了，一個接一個都沒有停。」「技術好才有那麼多人……」坐著婦人滔滔不絕的說，站著婦人一句一句應和著，有時摻雜著幾句鼓勵讚賞之意。聽著聽著，隨著笑聲與釋懷，竟讓我也主動加入了他們的談話。素不相識的萍水相逢一場，三個人卻猶如相識已久的朋友，熱烈的開一場小組討論會，竟打發了那段無聊的候機時間。

返金隔日，上街取物，因需零鈔付款，就近找得一間綠色招牌的連鎖鍋貼店，正午時分，生意正興，門口的點餐機前，幾個阿兵哥正在排隊。我一旁虛心候著，等店員要收款找錢時，才挨挨擠擠的遞上千元大鈔，請她換零鈔給我。她接過我的大鈔，一臉迷惑，換與不換，一時竟拿不定主意，猶豫之後，問了問旁邊伙伴，指了指夾在籃邊厚厚的整疊百元大鈔說：「這可以換嗎？」我連忙接口說：「五百或一百都行。」她不假思索，斬釘截鐵就說：「沒有五百的。」一邊說邊不經意的掀起那裝銅板的鏤空塑膠籃，我一眼就瞥見籃底幾張五百的紙鈔，少說也有六、七張。

拿了兌換的百元鈔票，我數也不數就走人，彷彿剛從銀行搶錢出來的一般，一時悲傷難抑。在臺灣曾光顧過此類連鎖店，但金門這家開張以來，除了幾分鐘前才購買外帶的十個鍋貼外，還不曾進店用餐過，對其餐食與服務，本無可置評，但一次換鈔不愉悅的經驗，讓我對該店的服務品質起了莫大的質疑。現今是以服務為導向的社會，各行各業莫不奉「服務至上、顧客為尊」為圭臬，尤其服務業更是如此。一般尋常獨營個體戶，在商業界賺點蠅頭小利，以求養家度日，服務品質不佳，本無可厚非。這種全省連鎖經營的飲食店，應是經過有系統的職訓，服務品質如此，餐食的水準能以顧客為尊嗎？實在令人懷疑。

衣食無缺的生活，物質需求已不再是生活上追求的重點，心靈上帶來的悸動，才是生活是否精彩的潤滑劑。社會風俗之良善，起於人心皆能以善意待人，你善意待人，人也必以善意回之。如果人人言談話語中皆攜槍帶棍，行為舉止盡是欺瞞詐騙，一群刺蝟如何取暖？社會風氣如何良善溫馨？

魔鬼藏在細節裡，一舉手、一投足，小小的一個舉措，就足以扭轉你是天使或魔鬼，所以能不格外謹慎小心嗎？

2013/4/15 刊載於金門日報副刊

賣人

街上，商品堆陳，應有盡有，樣樣都堆著諂媚笑臉，像招財貓一樣向過客招手，喊著一聲聲「帶我回家」、「帶我回家」。物阜民豐的社會，人腦記憶匣所知有限，永遠追不上社會遞嬗的速度。在消費的國度裡，只有兩種人，一種荷包鼓鼓，卻一個錢打了廿四個結，不知哪裡有好貨可購；一種就是垂涎已久，卻手頭拮据，短手矮腳的，常唱「東風喝不來兮」，肖想著中樂透，麻雀飛上枝頭變鳳凰。能兩者兼俱，有錢又有智慧者，那畢竟少數啊！

商品可買可賣，那是攤平在陽光下的事，一點都不新鮮。這年頭還有一樣東西，天天都在出賣，只是需要有點智慧與眼光，才能覷得其中的奧秘。

老王兒子最近升了官，這年頭錦上添花已成社會風氣。每天賀客盈門，送匾贈花饋瓶的，把他家的門檻都快踩爛了。老王表面得意自不在話下，但看盡世態炎涼，歷經滄海桑田，走過大風大雨的他，心頭總有個想法，錦上添花是礙於人情世面，大多數人只是本著「禮尚往來」的路徑在行事吧！

錦上添花雖好，卻未若及時雨的雪中送炭讓人感動。老王心裡清楚，滿桌的佳餚珍饈，對一個已吃飽撐著的人而言，一點用處都無。倒不如為一個已飢餓三天的人，送上一碗清粥來得有意義。但這年頭錦上添花的事人人都會，懂得雪中送炭的，還需要學習的人尚多。

這晚，已近午夜，兒子仍遲未歸返，老王一個人在空洞的客廳守著微燈，一顆心像七上八下的吊桶，坐立難安。兒子打電話來說，為了鋪陳仕途人脈，今晚有應酬，會晚點回家。牆上的鐘已敲了十下，仍聽不到兒子回家的車聲，讓兩鬢花白，已過古稀之齡的老王，更是忐忑不安。老王心裡牽掛著，這年頭應酬沒有幾杯黃湯下肚，那已不算交際應酬了。

首先，座位安排，誰該坐這裡？那裡誰坐？誰坐誰旁邊？一陣拉扯推拱遊戲先上場。坐了不該坐的，不能坐的卻坐了，都是學問，但知者恆知，不知者仍不知。一桌人到齊，觥籌交錯，正式開戰。

「你最近業績不錯，要乾一杯。」

「哪有？聽說你買了新車，那才如意，該乾杯的是你。」

「……」「……」

一杯小酒幾ＣＣ，入喉一兩秒的事，就可大玩嘴上功夫，看誰頭腦靈光，口才伶俐。

「你小舅子是我的學生，喝一杯吧！」

「……。」

「你們一個是老師，一個是學生，學生應該敬老師一杯。」最狠的角色是「眾人皆醉，我獨醒」，滿場插科打諢，盡使壞湊合哄著他人一起喝。

滿桌笑語，若用米篩過濾，盡是糟糠豆粕，無一句能當真。心神全使力在「喝酒」這樁事溜轉。這杯誰喝、那杯誰和誰一起乾，喧鬧吵嚷一屋。明的似乎作揖而讓，平分秋色；暗地裡較勁酒量實力，心底雖有不爽，卻得笑臉迎人，陪笑到底，否則失了底子，連面子也掛不住。最後勝負不言而喻，哪個聲大如洪鐘，話多如蝨子、跳蚤滿場竄的，就是贏家。默不作聲或聲如蚊蚋者，下場後請多加練習，進步的空間仍大。

一場飯席下來，沒有個把鐘頭，絕不罷休。酒足飯飽之後，人人紅光滿面，酒嗝連連，步履蹣跚搖晃，扶肩搭背的，第三回合正式上場。

「今晚有…臨檢酒測，不要……開車。」還有一點清醒的人這樣說。
「我…沒醉，沒…醉。」
「搭…我的車，我抄小…徑，那條路沒……警察。」
「不好…，叫計程車吧！明早再來開車。」
「警察抓到了，很…慘…。」
幾條人影就在餐廳門口搖搖晃晃，糾纏不清的玩起賣命賭注……。

2013/7/4 刊載於金門日報副刊

早鴨子

晉傅玄《太子少傅箴》：「近朱者赤，近墨者黑；聲和則響清，形正則影直。」比喻接近好人可以使人變好，接近壞人可以使人變壞，說明交友的重要性。戰國荀況〈荀子・勸學〉：「蓬生麻中，不扶而直，白沙在涅，與之俱黑。」則是說明環境的重要性。有人說過，四十歲之前的面貌，決定於父母的遺傳，四十歲之後則是決定於個人的修身養性，需由自己負責。此處的面貌無關俊帥美醜，而是由內而外散發的和善親切力，讓人喜歡與他親近。人的一生，決定於環境與個人的努力，見諸於古書今章，可見一斑。

中國蘇州園林屋宅

金廈海泳與搶灘料羅灣活動已進入第五個年頭，報名參加的人數總在千人之上，是金門年度的一大盛事，也是部分學校暑假期間的重頭戲，大家無不卯足了勁，為這場兩岸和平交流拼勁。過去戒嚴時期，「海」是人民不可一探的禁地，出海必須有「入海證」、「蚵民證」，那都是大人操持生計、養家活口的大事。沒有自來水的年代，每天放學必做的功課——挑水，把天井牆角邊的大瓦缸裝滿水，是比學校老師規定的家課，還要急迫的事。那時候的水，只是生活上炊飲、煮食、洗滌的生活必需品。那年代，連暢快淋漓的洗一次澡，都是難事。平常時日，用一臉盆的水抹臉，接著洗手腳，就算是對一整天工作勞累的身子，最清潔的交代了。唯有過年除夕夜，老媽恩准用廚房大鍋燒一大鍋的水，每個小孩都得通身徹體的洗一次澡，這時搓身上一層厚厚的積垢，成了我們較勁與互相取笑的事，搓落的體垢像大雪紛飛畫面，成了童年過年除夕插曲之一。

每天挑水，細數著村中每個水井的水量深淺，相對的，那時所知也如井底之蛙般的有限。隨著年齡愈來愈長，村莊外的耕田播種、耙草之事，也漸有能力沾邊插手。這時除了田陌之間的水井外，也見多了用來農業灌溉的溝渠，甚至埤塘水圳。工作時，父母無不苦口婆心，甚至聲威恫嚇，告誡不可近水玩水，那時的水是令人尊敬的生命導師。但在工作後，脫離父母雙眼盯視之下，同伴戲鬧之時，水，成了孩子們親近擁抱的膩友。常見男孩們，脫得赤精一條，一縱身，噗通就跳進池塘裡戲水，即使池水骯髒渾濁如黃河，卻也羨煞我們這些穿裙長髮女流之輩，只能在岸上乾蹉腳、瞪白眼。

曾看過一部影片，捷運車廂裡，一女孩調皮活潑，極盡模仿對座一男孩動作之能事，經過數十回唯妙唯肖的較勁後，男孩漸有江郎才盡居下風之勢，已使不出其他花招。突然，男孩把上衣脫下，女孩瞬間傻眼怔住，輸贏立判，滿車廂旅客報予熱烈掌聲。可見性別平等口號之下，女男在先天上仍有無法弭平的差距，即使現代如此，何況過去？

男孩們在盛夏酷暑之時，在阡陌田埂之間的河塘湖庫，無師自通的學會了游泳，成了水中蛟龍，女孩呢？會游泳的畢竟少數，全島最先有游泳池開放，應該是金門高職旁的第二士校。猶記得讀高職的女同學，放學後口沫橫飛談著如何下水，如何享受戲水之樂，又如何在池中慘遭鹹溼手吃豆腐。如今過往塵事一如昨日之風，渺渺輕煙消失不見了。現在同齡會游泳者，就是當年那些有機會下水的幸運兒。

幸運兒有之，但不幸淪為波下臣的亦有。那年，清明時節，田間湖庫皆滿溢為漶，池塘中黑色小蝌蚪，成群擺尾游晃的可愛模樣，更攫獲了我們小孩的童心。村中那外省劉佬的八歲女兒，就這樣一失足，跌落郊外池塘中，待搜救上岸時，已氣絕成了水中魂魄，劉佬的太太哭聲撼徹全村每個角落。一張簡陋破舊草蓆，就那樣草草綑綁了那還來不及長大的生命。

讀大學時，班上同學對這離島來的同學，總是多了一份關懷，除了對戰地神秘感到好奇外，對生長在蕞爾小島，四周臨海的金門同學，竟然也是旱鴨群中的一隻，他們深感迷惑與不解。殊不知環境形塑一個人，是一股不可小覷的力量。解嚴了，海邊成了戲水的天堂；公立的游泳池一一對外開放；在提昇學童游泳能力的教育政策下，興建游泳池成了每個學校規劃的年度重大工程。孩子親近水的機會增多了，再加上父母觀念開放，旱鴨子一隻一隻下水了，個個成了水中蛟龍。現今不會在水中划游兩下的孩子，猶如大學課堂裡沒有染髮的學生，皆屬鳳毛麟角之類。社會的改變更迭，總在潛移默化之中進行，讓人在轉身回首之際，驚愕不已。

2013/7/23 刊載於金門日報副刊

麥穗熟黃時

春寒料峭，慈湖堤岸海風微寒。落日西斜，堤岸邊，人影三三兩兩，大家凝目共賞那枚漸向西沈的火紅夕陽。海面上，波光粼粼，宛如被撒了金幣的聚寶盆，金光閃閃，讓人為之目眩神馳。應該從遙天遠海歸來的成群黑色大軍，此刻竟杳無音訊，猶如找不到回家之路的孩兒，讓倚門痴痴凝望的賞鳥客，望穿了秋水，卻等不到消息。是的，春暖水綠鴨先知，過境遊客鸕鶿回鄉探親去了。

等不到鸕鶿的歸來，一大片泛白的木麻黃，只留下空枝在風中搖曳吶喊「歸來吧！」「歸來吧！」八哥、斑鳩，還有很多不知名的鳥來了，更有在馬路上悠哉散步，聽得人車聲近，才匆匆忙忙鑽入樹籬的白腹秧雞，偶爾更可見一隻脖子像圍了條藍巾的

農試所麥田一隅

環頸雉，英姿筆挺的站在遠處，對著你望。一聲聲不同節奏的鳥鳴聲，好像協奏樂團，此起彼落的各展風騷。這條車稀人少的綠蔭道路，成了鳥類歡樂的天堂。

走出綠蔭大道，踅入迤邐小路，兩旁都是過膝等高的麥田，幾日光景不見，全褪下綠衫，換上了熟黃的外衣，空氣中散發著一股麥香。一群一群的麻雀吱吱喳喳，正在麥穗田中開會，你一言、我一語，熱烈討論著議題，聽得遠處的人車聲，群躍飛起，在凌空轉身揚去之時，還依依不捨的回眸再三，停停、飛飛，飛飛又停停，直到確認人車已到，才如滔滔江水東去，不再回頭。

一畝接一畝的麥田，一望無際。田中的麥子整齊一致，像立在頭頂上的黃色染髮，一根一根豎立挺直，麥田更像一塊一塊的起司蛋糕，發出誘人的香味。田間偶然夾雜著一棟獨宅別院，一隻栓在門口的黑色老狗，對騎車經過的我，慵懶的起身，吠了兩聲，不知是在拒客示警，或是在表示歡迎之意？田邊幾棵參差不齊的桑椹樹，正是成熟之時，黑的、紅的桑椹掛滿枝頭，有時見樹下人兒兩三個，小孩仰頸痴望，大人雙手齊抓，像攀岩爬樹的蜘蛛人，左攀右摘，最後汁液染紅了雙手，桑椹的酸甜滋味也自在心頭。

如今的麥田景致是兒時稀有的畫面，印象中，走路上學的那段小學歲月，沿途盡是高粱、花生、地瓜、玉米……等五穀糧種，還有澆灑在田土之上的尿屎驚怖景象，和空氣中永難抹去的糞肥臭味。夏末，滿山遍野皆是高粱穀粒垂熟，掛在農夫臉上收穫的笑容，成了兒時最搶眼難忘的畫面。麥田只是那時稀有的一角，頑皮好奇的我們，摘枝麥穗，從褲管下塞進，亦步亦趨的走，褲管裡的麥穗猶如爬岩的登山客，亦步亦趨的往上爬，直爬至大腿處，或覺得搔癢難耐時，才把它揪拉出來。如此週而復始玩著，近廿分鐘的路程，竟也不知不覺的走到了學校。

麥穗熟黃之時，連根帶穗的拔回家，在木條長凳上綁著上齒鐵耙，一把一束的麥穗從耙間隙縫揪過，硬狠狠的把麥穗和麥稈扯離分開，這些都是大人的工作。麥穗經過碾粒曬乾後，才換我們小孩子上場。屋簷下的石磨，開始運轉，一人或兩人推磨，一人站磨旁放麥粒，無窮無盡的推磨工作，可以讓雙手紅腫起泡，直喊吃不消。麥子磨成麥粉後，煮成濃稠的麥糊，麥糊淡而無味，有時因火候控制不當而發出焦味，一點都談不上可口，也沒有米飯的能填肚擋餓，卻是當時別無選擇的主食。主食不佳，副食佐菜可想而知，一樣乏善可陳。抓把糖，攪一攪，成了一碗甜麥糊，倒也暫時安撫了反感的腸胃，勉強可以吞下兩三碗。

如今，香甜可口的米飯成了主食，麥糊反倒成了腸胃不佳者的養身食品。滿山遍野的麥田，成了收入頗豐的經濟作物，比之過去的農作寵兒—高粱，身價有過之而無不及。古早味的麥糊，已從餐食中悄然退隱，再也引不起人們絲毫的懷念之情。望著無邊無際，整齊一致的熟黃麥田，除了為逐漸式微的農業社會，砣砣不息的農夫尋到一條生機，感到無限的欣喜外，也讓我不禁勾起那段吃麥糊的童年回憶。

2014/5/12 刊載於金門日報副刊

租事難搞

原本吉屋出租美事一樁，卻因風生浪起，惹得雙方不快，真不知這其間暗藏了什麼名堂來著？

一般人手邊一有錢，會死守那幾個孔方兄，安分過日的，少之又少。大多數人都冀望它能生子衍孫，錢上滾錢，源源不絕。心眼窄，意圖小的，放它在銀行裡，一年生幾個小子兒，像烏龜爬走的速度，足以讓心眼大的人抓狂。腦筋活轉、時間特多的股票族，天天死盯螢幕，如學生上課拿全勤獎，為數也不少。不過一般人，錢東攢西存數年後，大多用來買屋置產，難怪只聽聞房價一直飆高，從沒看它跌跟斗過。在這個錢滾錢的年代，沒有經濟根基的年輕人，不吃不喝數年，也難擁有自己的房子。

剛踏入社會，也是一貧如洗，穩定的工作收入二、三十年後，從貧無立錐之地，竟然也躍級至有空屋可出租之階層。人至五子登科之齡，對錢的看法，相對的不存心眼，錢厚待如我，也從未跟我過意不去。動出租房屋之念，只是想找個有心之人，好好的善待這棟地點不錯的房子，因為讓它空著實在太可惜了。「隔行如隔山」，房屋租售之事，於我如山外之山，不得不求助於從事租屋本業的親人，招租廣告牆上一貼，打電話來詢問的不少，但真正來看屋的不多。

一組學生七、八人，樓上樓下走馬巡視數趟，個個滿意點頭，雙方進入簽約訂契階段。帶頭的說：「暑假過後才能入住。」原來他們只是在為下學期租屋部署置棋，空屋必須靜待他們大半年，如此不著邊、不踏實際的想法，雙方談判破裂，可預想而知。

一日已下班，人還在學校收拾善後，接電獲知，有人誠意要租，人已在屋中，要我速速轉回與他洽談。沙發椅上，坐著兩個陌生男人，一位六十沾邊，個兒纖瘦，一張嘴，滿口白牙，全是假的。表明是做金門酒廠環保工作，工人數個，急需租屋落腳，今晚若沒著落，就要露宿街頭。語氣誠懇真摯，保證租屋後，定會每日安排打掃拖地，鞋脫置屋外，保持屋子清潔如新，誠懇態度打動了我設定房客為「住家」的想法。契約書兩本，雙方劃押，保證金先付一個月，言明另一個月馬上入帳給付。不數日，果然依約入帳，做事乾脆阿莎力，不拖泥帶水，此深得我作風，心稍寬慰不少。

從此房東與房客就兩相無事，過著井水不犯河水的安好生活嗎？披著羊皮的狼，在時間的淘洗之下，遲早會露出噬人的狼牙。契約書明載每月五日前租金就得入帳戶，但拖至十日過後，仍未見錢爺爺影子是常有的事。抱怨網路速率緩慢，我特別陪跑電信局申請改變速率，櫃台前，竟出言他只付新增款項，基本度數由我支付。話說完，連坐櫃行員都搖頭無言，簽約時的阿莎力作風，已如東流之江水，一去不回頭。

屋出租後，除了路過開信箱取信外，我再也沒進屋過，尊重房客權利，是我堅守的基本禮貌。租屋半年，租金仍是未依約入帳，而且變本加厲，遲遲未繳，打電話催繳，電話那頭一句「租到這個月不租了」，猶如天空乍響的悶雷，震得電話這頭的我，丈二金剛摸不著東西南北，欲辯卻無言。數晚經過屋子，黑摸摸不見一絲燈光，表明人已去、屋已空。老姐陪我持棍入屋探索，黑暗中猛掏提袋，鑰匙還未尋著，門竟洞開，原來連大門也未上鎖。屋內一片狼藉，塵垢滿地，垃圾堆滿角落，二樓一盞雞心小燈無日無夜亮著。若說此屋已成為街友流浪漢借宿之地，一點也不為過。

剎那間，我滿身汗毛全肅然起敬，一股寒慄襲來，全身顫抖不已。錢財生不帶來，死不帶去，「平安」兩字最重要。契約雖簽一年，但遇此房客，只求速速結束此惡夢。結算契約終止之日，三哥陪我赴會，兩個酒氣沖天男房客，說的盡是無厘頭的酒話，東叫窮、西喊苦，違約金狠狠砍一半，白紙黑字，也硬不過那張嘴吐出來的酒氣，財去人平安的意念之下，我妥協了，只求為這場租屋惡夢劃下記號。

屋收回來，樓上樓下狠狠清洗了兩天，發現不應損壞而被破壞的家具為數不少，窗簾、紗門、床墊……等等，著實讓人痛心疾首。十數日後，電話來催，說保證金怎還未退還？告知家具毀損多處，應賠錢數還未出口，電話那頭已使出叫窮叫苦之伎倆，最後一句「妳不能扣錢，若是扣錢，我就到學校找妳。」一言語之威嚇，讓我心顫膽寒，彷彿已深知我什麼都不怕，就怕世上這種小人。

隔日，保證金結算清楚，馬上入帳退還錢數給他，從此楚河漢界，總算了結這場租屋惡夢。清屋倒垃圾那晚，左鄰右舍齊聚巷口，等候垃圾車到來，馬上有人趨近問：「房屋要出租嗎？」天啊！這場租屋惡夢剛醒，另一場又要上場？前簽約房客就叫「明堂」，搞出這麼多讓我頭大的事端，希望下一個租屋者，不要再搞出什麼名堂才好。

2014/12/20 刊載於金門日報副刊

金廈兩門通

不到兩個月的時間，走了四趟一海之隔的廈門，30分鐘的航程，比之搭機赴台更為便利，雖然船班一樣會受到天候影響而停航，但海上船載量比空中飛機運客量大，候船大廳人潮即使也曾為濃霧封鎖而爆滿，但太陽一露臉，霧散船航後，水洩不通的候船大廳，即刻淨空，空蕩蕩得好像什麼事也沒發生一樣。

路過廈門無數次，過去只要赴大陸旅遊，必經廈門，所以廈門的旅遊景點，都曾一一造訪過，有的甚至不止一次，廈門成了進出大陸的門戶。不過那都是隨團跟屁股的走法，留在腦海的印象有限。這幾回扮起背包客，按自己的腳步，走想走的路，在出遊廈門這一區塊，著實更深刻的印上心頭，也看到了、學到了更多。

每個城市皆有它的脈動速率和方式，也唯有用俯身貼近的方式，才能了解當地的生活。對購票搭船、通關手續一無所知，出發前的心情，難免多了七上八下的不安與惶恐。走入地小人稠的廈門，才深深感受到熙來攘往人群中的冷漠，用同樣謙卑有禮的「請問」，回應的大多是僵直的答覆，帶著有點不耐煩，有時甚至奉送你幾隻白眼。有一回轉身後，冷不防一句「傻B」，就像一把凌厲的劍從身後刺來，讓我對這個不甚熟悉的城市，更多了一份戒慎恐懼。能不開口問人最好，逼急了，自己盲探瞎闖，多花點時間找路，心中總存著最壞的打算，反正來此城市，純粹是不務正業的休閒，沒有時間與效率的壓力。

人一多，就嗅得到「搶」味，什麼都用搶的，大陸不排隊的惡習，向來為臺灣人所詬病，沒有臺灣人的斯文禮讓，當然也談不上濃厚人情味。禍因就在人太多，如果凡事再讓，那永遠輪不到自己，能不搶嗎？搶上車、搶座位、搶計程車、搶購物、……。扶手梯前斗大的「靠右站立，讓左行走」，但無人看到它的存在，整座扶手梯塞滿了被困住的人，臺北捷運扶手梯井然有序的流暢，是多麼溫馨有禮，充滿人情味的一幅畫面啊！

共產制度餘孽之下，幾年缺油少肉的陰影生活，大陸人比臺灣人的食量大，餐館內一人份的食量，足供臺灣兩人食用。若對這文化差異不了解，定會為服務生送來的餐點咋舌不已，最後撐圓了肚，望著足夠再食一餐的剩菜剩飯搖頭嘆息，暴殄天物莫此為甚。

多年前，對廈門的印象頗佳，「乾淨、治安好」，即使三更半夜搭計程車，也無安全虞慮。如今計程車成了搶手交通工具，有時急如救火，痴等苦候，卻招不到一輛可搭的車，最後只好上了私家野雞車，沒掛牌的計程車，講價不跳表是其次，其安全性才堪憂。不搭計程車，廈門的公車最便宜，上車投一元，任你隨處坐到底。但便宜很少有好貨，敞窗沒空調、車搖如山動，一路顛簸，有時還得被迫聆聽車上歐里桑、歐巴桑猶如罵街的話家常，其聲如雷灌耳，為之不捉狂也難。高唱塑造「文明城市」的廈門，看來還有一段長路要走。

過去廈門市只限廈門島而已，其環境單純，管理易上手，自不在話下。如今的廈門市已擴編至周圍的福建多地，幅員比之過去大了很多。車子穿過約八分鐘車程的海底隧道，來到恍如另一個世界的翔安，沿路的垃圾一一現身，而且有越來越多的趨勢。馬路上，車竄如鼠行，喇叭聲不絕於耳，行人與車爭道，在路中隨意穿梭，紅綠燈、斑馬線，只是提供參考而已。市場上，生鮮蔬果一應俱全，價格也比臺灣便宜很多，但處處可見堆積垃圾，滿地汙水橫流，人行其間，一股遮鼻掩口的衝動，再美味的食物都已打折，飢腸轆轆的食慾早已逃之夭夭，跑到另一個國度了。

赴廈門的船上，跑單幫的奇特情景，更讓人咋舌驚嘆。帶煙、帶酒、帶奶粉餅乾面膜、……等，散客只是順手提帶，百元錢鈔即刻入袋。身強體壯的男人個體戶，推拖著無敵超級大皮箱，附帶摺疊壓扁紙箱皮一捆，少說也近百來斤，就這樣把「Made in Taiwan」的貨物，行銷到大陸各地。船離靠岸尚有段時間，搶灘入港的人群早已在船艙內蜿蜒如一條人龍，大家急急忙忙的趕行程，整個船艙瀰漫著一股燥動與不安。

金廈兩門通，幾十年的寇讎分離，除了「三民主義統一中國」和「一國兩制」的巨幅標語矗立在兩岸海岸外，還有砲聲隆隆的「單打雙停」。其餘不論是金門對廈門，或是廈門看金門，都是一片空白。如今兩岸握手言和，促進了兩地人民的交流，生活上的差異，將在時間的媒介下漸趨一同，只是那還需要一段時間吧！

2015/4/29 刊載於金門日報副刊

「嘉水爺墓」的傳說

結婚後，每天往來於榜林、庵前之間，為家庭生活、學校工作而奔波。途中除了經過規模頗大的紫蓮寺外，尚見路邊墳墓兩三座，最讓人感到神秘好奇的是離東門圓環只有約百公尺之遙，上用鐵皮覆蓋的小廟—嘉水爺墓，常見善男信女攜果帶香的前去膜拜。一向忙於學校、家庭，有如蠟燭兩頭燒的我，對鬼神的態度向來是抱持「敬鬼神而遠之」，採「井水不犯河水」的態度。除了家中祖先循例按時祭拜外，對於外面的大廟小祠祭典活動，則鮮少主動參與。婚後不久，有天回娘家，老媽說：「妳每天都必須經過嘉水爺墓前，所以有時也應帶些水果去拜拜。」我聽了，有如丈二金剛摸不著頭腦，心裡直打問號：「嘉水爺？誰是嘉水爺？嘉水爺墓在哪？」雖然滿腦的問號，但深怕禮佛向來極為虔誠的老媽，就此借題發揮進行疲勞轟炸，我只好把到嘴的疑問硬吞回去，猛點著頭，嘴裡不停的回答說：「好！好！好！」

幾年後，一次偶然的機會裡，在珠山的《顯影月刊》叢刊中，竟然找到了有關「嘉水爺的傳說」，讀後令人不覺為之莞爾。姑且不論其真實性之可靠否，謹提供出來與讀者分享。話說許嘉水墓葬的是後浦（現金城）南門人許嘉水，生前樸實、忠厚，死後被葬於榜林大路邊，因風水的關係，竟一變而成為陰間的流民，無時不出在附近吵鬧。尤其是一般販夫走卒經過其墓前時，更常被作弄不堪，特別是在中午時分。所以往來經過的路人，因此都非常戒慎小心。

傳說某年間，金門久旱不雨，後浦的人爭相求請池王爺（東門）行乞雨大典。池王爺自忖法力不足，乃吩咐諸子弟前往新頭請蘇王爺前來幫忙。當蘇王爺的金身扛到許嘉水墓前，輦損竟然打拆，蘇王爺抵達乞雨法壇時，就將此情形向池王爺質問，問他為何在他的管轄界內，竟然放縱此囂張惡徒如此橫行，究竟是什麼原因？誰知池王爺竟輕聲回答說：「許嘉水爺乃大路崎至同安渡（兩地都是墳區），數百萬遊魂的領袖，我實在無能為力管束他。」蘇王爺聽了池王爺莫可奈何的回答，祈完雨後，竟改小道回新頭，而不敢再沿原路經過許嘉水墓前。由此可見嘉水爺在陰冥界影響力之大。

根據《顯影月刊》詳細的記載：民國三十三年間，前往嘉水爺墓前膜拜的信徒，一時絡繹不絕於途，造成民間的議論紛紛。據傳說因為那時曾發生一件出人意表的事：後浦有一個人名叫許天賜，入贅於榜林某婦人家，白天到後浦做生意，晚上才回榜林就宿，經年累月，從不間斷。誰知某天晚上，行經嘉水爺墓前時，突然間覺得眼前黑影一閃，繼而覺得腦際一陣暈眩，一時竟不能分辨東西，但這種情形為時甚為短暫，他馬上就回過神來。當他回到家後，就將途中所遇到的情形告訴了他的妻子，他的妻子聽後感到心虛不安，所以隔日就準備了菜飯到嘉水爺的墓前祭拜，祈請嘉水爺保佑，不要再戲弄他的丈夫。

誰料後來這件事被許天賜知道後，認為他的妻子實在不該有此過度反應，所以於第二次再經過嘉水爺墓前的時候，就以右腳在墓前連踏三下，並且高聲大呼：「許嘉水啊！你喜歡對他人惡作劇，別人怕你，但是我許天賜可就不怕！」沒想到此事過後的第三天晚上，許天賜竟告失蹤不見，他的家人遍尋不著，後來許天賜的屍體被發現溺斃在嘉水爺墓旁的一口井中。因此人們紛紛傳說是許天賜得罪了許嘉水爺的後果。當時迷信的人，談到這件事，都有如談虎般的害怕，深怕不幸會降臨到自己的身上，紛紛到嘉水爺墓焚香膜拜，以祈求平安。

如今每次經過嘉水爺墓前，但見廟裡香煙氤氳繚繞，已成為附近善男信女經常膜拜的小廟。十多年來，老媽的話猶似昨日之語迴盪在耳畔，但堅持「不做壞事，多積恩德」就是與鬼神相處最佳模式的我，雖然路經嘉水爺墓前已數不清次數，但進去焚香膜拜，則是零紀錄。

在科學日漸發達，知識份子日漸破除迷信，排斥鬼怪神說的今天。每個人若能抱持「多行善事，不造惡孽」的處世態度，心中必定坦然曠達，鬼神又何懼之有？所以對於過去有關鬼怪神奇之說，不妨把它當作茶餘飯後聊天的話題，為現實忙碌的生活增添幾許樂趣吧！

2003/9/10 刊載於金門日報副刊

輯三　寶島遊蹤

戲中戲

在「炸油」新聞被吵得沸沸揚揚，人們已漸從警覺中鬆懈下來之時。一天，書店站酸了腿，走在那滿是書局招牌的大街上，疲憊乏力的身心，讓我急需尋找一處，既可解決民生問題，又能讓雙腿歇息的地方。在滿街亮眼的招牌下，終於尋得一家頗具知名度，而且普受孩童喜愛的炸雞店。雖然「炸油」引爆而出的餘悸迴響，仍在腦海中盤旋不去，但不能「因噎廢食」的明訓，卻又與之互相拉拔著。當機的立斷讓我毫不遲疑的，邁著雙腿直上二樓。點了餐，環視整個用餐環境，窗明几淨的空間，柔和的音樂流瀉著，空氣中瀰漫著一股油炸香味……。但見兩人絮絮聊著、獨自一人捧書看著，更有孤單一人凝窗發呆著、……。從落地窗往外眺望，街上川流不息的車潮，還有成群佇候在斑馬線兩頭，等待過街的人潮，在在的說明了這是一處頗富商機的街段，店裡的人潮之如過江之鯽，就不難理解了。

一邊撕啃著平日不常沾嘴的炸雞，一邊俯視樓下的街景，觀賞街上行人的百態，讓我在嬉笑怒罵中，有著身心舒放的感覺。看膩了街景，收回狂放的視線，斂回兀自發噱的笑容，我把目光聚焦在鄰桌，一位年已上七十的老先生，稀疏的灰白髮，鼻樑上架著一幅厚敦敦的眼鏡，從那閃著放大的瞳影，可以揣知是度數不淺的老花。個子不高，約一百六十上下，算不得胖。他正專注的在一張白紙上畫著格線，粗短的手指穩穩的握住筆桿，看不出有一絲顫抖的模樣。一張空白的紙，仔細的尺量、點線，然後小心翼翼的畫上一條一條的線。專注的眼神，彷彿是個坐在教室裡認真學習的小學生。桌上還有一杯已插上吸管的可樂，一個暗綠色的背包，最引我注意的是那把摺疊的傘，想來他應該不是日落黃昏才出門的，更不是住在附近的人。應該是大白天就出來的，直到現在才跟我有著同樣的欲求，找一個不受打擾，可以自己獨處的地方，做一件還沒有完成的功課。

小心翼翼的畫好一張兩頁的格線後，瞧他把畫好格線的紙拿到眼前，左看、右端詳的，上上下下仔細看了好幾遍，應該是在檢視格線畫得是否滿意，雖看不到臉上的笑容，但從其眉宇間流露出的神情，應該是感到滿意吧！接著他從背包裡拿出了兩張寫著密密麻麻字的紙，看不清寫什麼，但從其字跡上看，絕非一般的電腦打字，而是手寫的字稿，那字體更不是時下一般學生喜愛用的超細筆寫出來的，而是粗粗的字體，我想應該是一位上了年紀的老人家寫的字。

是好友寄來的信？但看不到信封。是上課抄寫的筆記？整齊工整的字體，應該是在時間充裕的情況下寫成的，不像課堂上抄寫的慌忙。……，從種種的跡象看來，畫格線的目的跟那寫著密密麻麻的紙有關。

很多的疑問懸上了我的腦海，我一邊吮吸著那超出我能負荷的大杯可樂，內心一邊兀自思索著。研究每一個與我萍水相逢的人，似乎已變成我一個人獨處時的樂趣，答案就在天馬行空裡，找到了符合邏輯的理由時，內心不覺竊喜，有著不欲人窺的欣喜；理不清亂麻時，也讓我有著失落般的沮喪。但只要離開那交會的時空現場後，一切都將回歸平靜，剛才所發生的偵探推理戲劇，就如從身旁擦身而過的車輛，是灰色？是福特？是廂型車？號碼是？3？1？影像漸去漸遠，終至模糊，最後不復印象。

走出炸雞店，翻騰的思緒仍在繚繞……。孤單一個人，代表著無牽無掛；專注畫格線做功課，代表著一顆不捨學習的心，即使是年已花甲。想著想著，我的心中不覺油然升起一股敬佩之心，對一個專注畫著格線的老人，即使滿街都可以買得到有格線的筆記本。

是啊！人生在經過風風雨雨的歲月洗煉之後，不論是叱吒風雲一時，抑是販夫走卒一生；不論是鶼鰈情深相攜至老，抑是孤雁落單孑然一生。能夠永保一顆學習的心，即使做的僅是畫格線這麼簡單的事，也是一個值得敬佩的人。

2009/9/3 刊載於金門日報副刊

心更美

近年來赴台機會多了，對一海之隔的寶島臺灣，雖不再像過去那般陌生，但十趟有九回是過路台北，一旦離開了台北往南行，所見所處仍是遙遠生疏的。每趟南下之旅，總是抱著戰戰兢兢，戒慎恐懼的心情，只為了達成某一項任務。彼時，本是遊走天際的神龍，乍變為困於淺灘上的魚蝦，頓失所依。暑假一趟南下之行，尋訪同學敘舊，留連了三天才返回臺北。南去北返，一路上所遇，就足以讓內心發噱，印象深刻。

大學同學汪淑貞家門口

一路尋問搭車地點，尋得站牌，為求證是否順向，走進站牌後一家手機店，店門上貼著「誠徵親切熱心正職店員」告示，字體斗大醒目。推開厚重玻璃門，櫃台後兩位身穿制服、衣冠楚楚的年輕男店員，一位正低頭與顧客絮絮討論著，另一位則玩著掌上手機。我向玩手機的店員問：「請問往鶯歌……」，話才出口一半，他頭也沒抬，即刻回口：「我住新莊，別問我……」，碰到釘子般，我一時竟感到無措起來，只好硬著頭皮轉向忙碌的店員求救，他向我瞟了一眼，用「不要煩我」的眼神，丟了一句「門口站牌就是」，就低頭繼續忙著。我連聲稱謝，退出店門，回頭再覷一眼店門上斗大的「親切熱心」四字，一顆心瞬間又涼了半截，身子不由得打了好幾個冷顫。

拎了大包小包伴手禮，帶著一顆半賭注的心情，我鵠立在車牌旁。不稍片刻，店內的顧客走了出來，他朝向我說：「到鶯歌火車站會有很多人下車，你不用擔心。」突來的驚喜，讓我錯愕得楞在原地，連向他道謝都忘了，只好猛點頭，目送他的身影漸漸遠去。黝黑微胖，左手插在褲袋裡，右手擒著一瓶飲料，雙腳趿拉著拖鞋，一副邋遢的江湖人模樣，卻有著一顆古道熱腸的心。我不禁莞爾一笑，剎那間，感覺路上的行人個個都可愛起來了。

不久前，也碰到類似這樣的例子。搭機赴台，身旁坐著一個粗胖的老大哥，臃腫的身軀，讓他深陷在狹窄的座椅上，彷彿被鑲嵌住的一顆皮球，動彈不得。一隻粗壯手臂，霸佔了我們座位中間的橫槓，小女子我只好縮身如驚弓鳥，心頭祈禱著飛機快快落地，早早結束行程。飛機在空中平穩後，空姐送來飲料，我把喝完的飲料杯置放在餐桌上，就引頸翹盼空姐趕快來收拾，好讓我能伸展一下受箝制的手腳。等啊等，一旁的老大哥竟打起鼾來，時間是如此的分秒難捱，望眼欲穿之下，空服小姐終於推著餐車來了，坐在靠窗的我正在猶豫如何將杯子遞過去，老大哥竟像被施打了一針似的，突然驚醒過來，一抄手，不由分說就把我的杯子疊上他的杯子遞給了空姐，好似他就是老大哥，身旁坐著就是他自家的小妹，連一聲招呼都不用，他做了算。那姿態擺明了，不用說是遞杯子這種小事，若有啥大事，他老大哥也會護著這個萍水相逢的陌生小妹。看似唐突失禮的舉動，卻有著「人同此心」的儒家風範，讓我頓時一改對這個粗老哥的感覺。

愈來愈趨向功利的社會，讓人們越來越注重表面物象的文字與圖象，將目光凝聚在外表，忽略了內在紮根之所在。各種評鑑、發表會，常著重在資料的呈現與簡報者表達，費時傷神大拜拜後，贏家總是屬於那懂得搜集資訊，深諳膨脹資料的高手；便宜了那口才伶俐、敢秀敢說的行家。這何嘗不也是以外貌為取向的另一例證嗎？

南下搭公路局的車，有六、七十年代搭車的感覺。備零錢向司機購票，拿了票根，擇了靠窗的座位，一路上，缺了台北公車報站的提醒，每站停車，雙眼必往車外搜尋，深恐誤了下車站。車到了鶯歌站，慌忙下車，竟然忘了將票根還給司機，直至進了火車站才察覺，慶幸司機先生沒追下車索票，但也為自己的失禮舉措，臉頰感到一陣臊紅。

三日後，循原路返回台北，同學載我至楊梅火車站，一個飄著濃濃小鎮風味的小站。買了火車票，依路標指示，欲進閘站時，一個七十沾邊的阿嬤牽著一個大約唸國中的小女孩，十米之外，急吼吼的問我：「你要到哪裡？去台北嗎？」我一愣，原來同是異鄉客，有著相憐的悸動。阿嬤的口吻堅定，彷彿我是此地搭車的常客，也一定會兩肋插刀的攬下這帶路的助人義舉。小女孩怯生生的模樣，彷彿過去的自己，我的雙肩不由得堅挺起來，心頭更有一股俠義正氣悄悄的燃升起來。

月台上，一個面頰黝黑，身材瘦削的婦人越過很多等車的人，趨身前來問我：「到台北是這個月台嗎？」從婦人的長相和穿著，不難看出應該是來臺灣工作的外籍傭人。異國文字的隔閡，讓她必須找一個人確定搭車的方向是否正確。上了車，我幸運的找到座位坐下，她就站在離我不遠處，不時用眼睛瞟著我，彷彿怕我突然消失一般。「鶯歌到了，要下車的旅客……」廣播聲起，我三步併作兩步，擠到婦人身旁，告訴她：「台北會有很多人下車，你不用擔心。」她沒有道謝，但從她頻頻點頭中，我看到了「感謝」兩字。拎著行李，我昂首闊步下了火車，臉上洋溢著一股驕傲與自信，快樂的音符更從口中盪溢開來。

2012/1/16 刊載於金門日報副刊

迢迢過路

從金門搭飛機到臺灣，已像在自家門口搭公車一樣方便，臺北不再像過去那般遙遠。加上幾家航空公司競爭削價的結果，受惠的金門人，一有赴台念頭，即刻可以買張千餘元的機票，個把鐘頭後，就可以從海的這頭，飛到海的另一端。所花的時間，就像臺北人從新店、中和搭車到新莊、三重一樣便捷快速。

農試所木橋

來來回回兩邊跑，看多了兩邊的風景，漸能感受兩者的差異，也更清楚自己懸念是歸屬哪一邊的牆頭。面海的村居，兩條出門的道路，村後是一條蜿蜒如山徑的彎路，兩旁古樸民宅一幢幢，山花野草夾道迎風搖曳；村前一條則設有測速監視的直道，常見慢跑的人悠遊其間，偶爾三兩輛腳踏車，一路呼嘯揚長而去。兩條路外出採購或上班，離市鎮遠近相差不多，所以常隨心情選擇出門的風景。

風和日麗的日子，徜徉沐浴在屋前溫煦冬陽下，人生最大的享受莫此為過；陰雨綿綿的天氣，落地窗外迷濛的雨絲，也讓人產生一種迷離淒美之感；看不盡的落日霞景。常有人問我，海風有沒有很大？屋內傢俱會不會受潮？冬天冷不冷？……，面對一連串的問號，我常報以微笑，答案就在不置可否中逸散。事後認真盤思起來，腦海裡還是尋不著該給黑或白的答案，因為置身於灰色迷茫的我，亦如那濛濛煙塵虛渺不實。美，就在那曖昧矇矓之中。

臺北是另一個世界。每回赴臺，幾天前的雀躍期待心情是有的，就像小時候老媽答應帶我到五里外的金城一般，一顆浮躁不耐的心如風飛揚，連午飯都無心下口。但真正到了臺北，就開始後悔了，幾天後，更會慶幸自己只是臺北的過客，不是那兒落籍久居的市民。

臺北的捷運，成了購屋者首先考慮的條件。捷運像一條年輕人的血脈，活血新鮮沸騰，流到之處，帶來繁榮商機如蒸騰上升的熱煙，不可一世。地價房價瞬間隨著飆漲，對一般經濟中下市民而言，其價只可探聞，對實現購屋美夢，例皆扼腕嘆息的多，悔沒搶先機買到與老是搆不著屋價應該都有。捷運班次多，幾分鐘就一班的密集班次，讓人有搭這班與搭下班等同之感。一路順暢、不塞車，可以在車上補個粧、塗個眼影，累了甚至閉目打個盹，抵達時間在掌握算計之中，應該是它最大的優點。但恨透了未入地進站前，那段迢迢的朝聖長路，尤其夏天滿身汗涔涔後，才能層層下鑽找到上車的據點，耗去的時間，比在捷運車中久得多。

不容置喙的，捷運站再怎麼不得我的寵幸，至少她還是個可露臉的正宮。論起臺北地上的交通，那才是被打入冷宮的嬪妃。實在是萬不得已，不願勞動兩隻老腿之下，只好搭公車。臺北車水馬龍的十字路口，紅燈等候時間總是令人難耐，碰過一分半鐘、九十幾秒的紅燈等待，路口車陣如黑雲密佈，蓄勢待發的車潮，發出呼吼的車聲如雷貫耳，好像百米競技場上，一邊呵氣、一邊摩拳擦掌準備衝刺的選手，更像兩蹄蹬空蓄勢奔騰的馬群，讓人看了心生畏懼。一條從街頭可望到街尾的街道，就像一條淤塞不通的水管，通了這段，又阻那段，這樣走走停停，一路顛跌搖晃的公車就像一個年老氣衰，走一段就得歇一陣的老人。若正巧趕事，又碰上塞車時段，慢如牛車的速度，讓人不得不猛看手錶，心跳隨之加速，心中的怨懟必也猛撞腦門，搭公車成了到臺北揮之不去的夢魘。

在金門習慣了不塞車，最遠的車程，從島東到島西，來回也不過半小時，每天花在行車的時間屈指可數，一天廿四小時尚有足夠的時間可做其他的事，生活步調是悠閒慢活的。在台北則不同了，每天花在車上的時間相當可觀，半小時是短程，個把鐘頭算是正常的。即使在住家附近活動，明明直直的路可達，也得等紅綠燈，走人行道，上爬天橋，下鑽地下道的左彎右拐。小小的活動範圍都如此大費周章，更甭提是搭車繞路的出遠門了，一回也罷，卻需天天如此，月月如此，年年如此，人生浪費多少時間在行啊？為了爭取更多的時間做其他的事，生活步調能不繁忙緊張嗎？

人生道路如長河，河水有湍急、有坦緩；河道有曲徑、有直道。不同的河岸景觀，予生命不同的感受與震撼。青春揚飛力壯之齡，選曲徑幽口急行，觀湍流瀑布，是對生命挑戰的一種承諾；齡屆傷春悲秋之境，擇直道坦原漫步，看細川水花，何嘗不也是對生命的一種尊敬？

2012/2/27 刊載於金門日報副刊

多一點體諒

週日的台北，雨綿綿的下，清冷的街道，少了平日車水馬龍的喧囂，空氣中多了一些雨味與溼黏。這時候會出門的人，應該都是有事要辦，不得不冒雨打傘出門。人人都想賴在家裡，在這假日不用工作，可以好好休息，尤其是這不適合出門的天氣裡。

早市街旁車站牌，鵠立幾位剛從市場採購菜蔬，等候回家的阿伯阿嫂，一手撐傘，一手挽籃，人人一身狼狽。假日的公車班次，明顯的比平日稀少得多，從大家頻頻張望焦急的眼神，可以看出他們心中的渴望，大家都希望公車早點到來，能早點回到溫暖舒適的家。

公車終於來了，大家忙著收傘、拎袋，一群人七手八腳的搶上車。車上乘客不多，

空位很多。在這個處處體恤照顧弱勢殘胞的社會，任何公共場所，都會為他們規劃專屬的裝置，像導盲磚、輪椅走坡等。這輛新穎的公車，也預留了空間，特別安置了輪椅專用區，為了配合那專用區，一般乘客的座椅明顯少了，尤其有幾張更違背一般人坐車向前注視的習慣。座位面向車後，而且需要蹬高才能就坐的座椅，成了乏人問津的虛設座位。

一群人上車後，理了小平頭，身材粗壯，面孔黝黑的司機禮貌的說：「請往裡面走。」「慢慢來，坐好我再開車。」大部分的乘客都找到座位坐好，連我也找了個寬敞位子，抓緊握桿等候開車。大家好像小學生一一入座，靜候老師的發號施令。

車子沒有動靜，原來在司機後面站著一位白髮皤皤的阿婆。司機開口了：

「請你找座位坐好。」阿婆不為所動，雙手更緊抓著座椅握把，一副泰山崩於前也無懼之勢，對司機的話充耳不聞。

司機又嚷嚷：「請你坐好，我才開車。」全車目光都盯在阿婆的臉上，已逾七十古來稀之齡，白皙的臉上，歲月留下的縐紋不多，臃腫的身材，是那個年齡的普遍情形，一頭過耳的白髮，說明了歲月不饒人，坐公車應屬於博愛座一族的。

時間一分一秒的過去，車子仍無前行的徵象。

「你沒有坐好，我就不開車。」司機的語氣漸顯不耐，全車的目光，像一支支凌厲的箭矢，齊射向阿婆身上，阿婆仍是一副老神在在，大有奈我如何之勢。

空氣中火藥味漸漸瀰漫開來。

「你下車好了。」後座一位年輕小伙子終於站起來，對著阿婆大吼著。所有的目光從阿婆身上游移到小伙子臉上，多少義憤填膺，彷彿找到了宣洩出口，一時潮起洶湧，你一言我一語，議論紛紛。

「我為什麼要下車？」阿婆無懼於這黑雲罩頂，山雨欲來之勢，大聲的反駁眾人的撻伐。

「你嘛卡好心耶，去坐好，萬一摔倒骨折，我要賠一百三十萬啦！」司機終於道出了他的難處。

「我不會摔倒啦！」阿婆口氣斬釘截鐵，只差沒拍胸脯掛保證。

「你會不會摔倒，你怎麼知道？」司機語氣中帶著哀怨的懇求，阿婆一臉漠然，身子分文不動。

「你不趕時間，我們在趕時間啦。」一位年逾花甲的阿伯也開口了，阿婆囁嚅著，身子卻仍穩如杵釘，一動也不動。

「#◎☆，#◎☆★&＊。」刺耳的三字經從阿伯的口中冒出，一時全車為之震懾，戰局有愈演愈烈之勢。

「唷！你罵三字經。」阿婆不甘示弱的回應，語氣中有未能錄音呈供告狀之憾。

「怎麼樣？我就要是罵你。」阿伯像被挑起戰鬥氣焰的公雞，起身挪前，張牙舞爪向阿婆作勢揍人。時間好像停格，僵局如凝固的三尺冰霜，有人看了看錶，摸摸鼻子，自認倒楣的兀自下車去，一個、兩個、……，大部份的人都下了車。

車上只剩阿婆，還有後座兩三個，應該是雨天坐車蹓風景不趕時間的人。大家又站在車牌旁鵠候，望眼欲穿看著公車來處。

車上人少了，阿婆像被棒喝般有所頓悟，終於尋了座位坐下。車下的人一看，全部又拎袋，七手八腳收傘的搶上車。這回座位全搬了風，前座只剩阿婆一個，其他都擠坐到後座來，連我也乖乖的找了個座位坐下。

車子終於開動了，但火藥硝煙仍散布在空氣中。

「這樣就對了，你坐下，車子就開了。」阿伯好像還有一股氣沒發洩完，語氣中帶著得理不饒人。

「我不會摔倒，我每天有唸阿彌陀佛，佛祖會保佑我。」阿婆彷彿浩瀚大海中孤舟，細膩尋找臺階下。

「你活到兩百歲也不關我們的事。」阿伯聲音乍然降了八度音，語氣漸趨低緩。一車人默不作聲，車子在雨中緩緩前行。

兩站，很多人下車了，包括阿婆和阿伯也下了車，看到剛才那一幕鬧劇的乘客，這時開始竊竊私語，各抒己見。才上車的乘客則像過街客，一臉茫然，只知道街旁店內喧騰熱鬧，但清楚知道那不是自家的。

2012/6/9 刊載於金門日報副刊

美景當前

人情味需要善良的種子，用純樸的民風做土壤，再用端正的世俗之水灌溉，方能開花結果。

熟悉的路口，亮晃的路燈下，兩個騎機車年輕人，正湊著燈光按圖索驥，一看就知道是遠來的觀光客。每當看到如此畫面，走上前去，「我讓你們問」的衝動就悄悄浮升。

生在金門，長在金門，但對自己的家鄉並不全然熟知。一次，同事幾人，課後相約至復國墩吃海產，車行至料羅圓環，望著五叉路口，一車人全傻了眼，繞了圓環兩圈後，全暈了頭不辨東西南北，車如身陷迷宮，找不到出口。就在此時，一個騎機車的阿伯，停下車問：「你們要去哪？」那晚阿芬的海產特別鮮美，不知是不是因為有了金門濃郁的人情味加持？

金門有濃郁的人情味，也有人說臺灣最美的風景是人，是個有人情味的地方。去年夏天，氣溫迭創新高，台北像一座熱烘烘的火爐。艷陽一早就伸出火舌，熱情的吻燙著這小小的聚火盆，無視於地上人們的左躲右閃。近午

歐洲城堡

時分，滾燙的太陽更像添了油火般，勢不可擋的在天空上耀武揚威。公車站牌，幾位撐傘的乘客，引頸翹首等候，一陣陣的熱浪，隨著一波波的車潮襲掩而來。車潮過後，有人側頭掩鼻，也有人用手揮搧，但仍是驅不散空氣中的油煙臭味和燥氣。等候時間越久，一股煩躁與不耐，猶如慢慢攀爬上架的蔓藤，千絲萬縷糾結得讓人更是心慌意亂。人人望眼欲穿，期待那一輛輛迎面而來的行動冷氣，有一部是自己要搭的車。

彷彿身陷火窟中遇見消防救火員一般，我要搭的公車來了，狹窄的兩線道馬路，只能讓它停在幾部公車後面，大家好像看到久別的親人一般，齊向它飛奔而去。上得車後，我直往後走，挑了最後排的座位坐下。坐穩後，定睛一看，乘客並不多，大多是年輕人，而且女乘客多於男。

車過幾站，身子的燥熱有增無減，潛意識認為是自己的耐熱力不佳，不以為意。一個紅燈前，車子停了下來，個兒高挑，身穿深藍色長褲，淺藍上衣的司機竟然褪下安全帶，走到前門，伸手扭啊扭的轉門頂上的冷氣送風口，一邊喃喃的說：「好像壞了，一點都不涼。」一邊轉過頭來，跟坐在前幾排的乘客說著，聲音中含著很多的歉意。臺北的紅燈等候雖然特別久長，但九十秒的時間，仍是無法讓他扭出滿意的涼度，他只好匆忙坐回駕駛座，車子繼續上路。車子又過了幾站，紅燈停車，他重施故技，這回竟然朝著車子後頭走來，一邊用手探了探每個冷氣送風口，一邊問著我們：「一點都不涼，會不會熱？」看著他滿臉的尷尬，我打從心底發笑，竟然有這麼可愛的司機啊！

讀國中時寫作文，形容搭公車最常用「擠沙丁魚」，雖然沙丁魚是怎樣一種魚？牠們的群性是不是常擠在一起？至今我仍陷於困惑之中，但全車人身子貼著身子，大氣都不敢喘一口，迫不及待等到站的搭車經驗，至今仍印象深刻。司機頭頂前看板上斗大的「請勿與駕駛員談話」，也一直出現在我搭公車的夢中。「勿」這個字，還是後來費了好一番功夫才明白的。不解「勿」之前，就把它當無義解，深為「請與駕駛員談話」納悶，哪有要與駕駛員談話的道理？而且是用客氣的「請」字，簡直荒謬至極。如今司機竟然主動跟乘客攀談起來，而且三番兩次離開駕駛座，真是有違駕駛安全規則，讓人看了真是又好氣又好笑。

台北的公車，如老牛一般任重負遠，總是一路顛簸，走一段停一段，耗時甚久，每趟出門，即使路程再近，沒有騰出個把小時的時間，那是成不了事的。搭上一部沒有涼意的冷氣公車，的確讓人有「誤上賊車」之感，但是看著司機一邊揮汗開車，一邊頻頻回過頭來向乘客說抱歉，只差沒鞠躬哈腰，一副好像欠了乘客一屁股債的靦腆模樣，熱已不再是那麼令人難耐的事了。

車子行至六線道的大馬路，公車陷於車陣之中，靠右的車道，一連五、六部的公車接踵而來，每部車依序排隊一一靠站，彷彿要過水道閘門一般。這時，前頭突然出現一部同樣車號的公車，眼尖的司機，像哥倫布發現新大陸一般，興奮的轉過頭大聲嚷：「前面有車，你們可以下車換車，不收票的。」全車的人面面相覷，最後相視而笑，但是沒有一個人移動身子，包括我。

下車時，司機忙不迭的說「抱歉！不好意思！」「抱歉！……」，比一般司機機械化的「謝謝！謝謝！……」，讓我更生一股感動與敬佩。下車後，回頭再望一眼可愛的司機，心中突然了悟，原來最美的風景就在眼前……。

2013/3/12 刊載於金門日報副刊

回家

「霧鎖金門，兩千名旅客滯留機場。」斗大的報紙頭條新聞，讓回家這一條路，橫生無數的不確定感。

據說從前天下午起，班機就無法起降。松山機場櫃台黑壓壓的排隊人潮；電腦螢幕候補名單無止無盡的翻頁；平時寬敞，隨處都可找到落腳歇息的沙發座椅，幾近爆滿。我推了手推車，像遊走在被機車霸佔的台北街頭騎樓，左拐右轉來回踅走。從劃位櫃台區到行李拖運區，再到全家便利商店飲食區，遍尋不到一個足以歇腳的座位。最後放棄尋找的念頭，讓我像尋不到停車位的車子，只好毫無目標的溜轉，等候正好有人離座進候機室，才能安頓這俱疲的身心。看來滯留在機場，行程被延誤的旅客之多，一向喜歡搞噱頭的報紙，這回報導得一點也不誇張。

準備登機的廣播，已輪播了數次，排隊等候登機的人群愈來愈聚集，隊伍愈來愈冗長，但隊伍卻無絲毫前挪的動靜，身上背的，手上提的四件行李，讓我對寄掛行李的服務人員頗有微詞，若不是他眼睛睜得太雪亮，此刻的我，就無需受此折騰了。禁不住身上的重負，我把手上提的行李卸放至地上，偏頭往前翹望，原來通關人員正在安排坐輪椅行動不便者先上機，兩三部輪椅正通過長長的登機長廊通道。接下來叫喚攜帶幼童者優先，又有幾位背小孩者從隊伍中脫隊前行，像盆花抽根移植，旁邊沾草帶土，簇擁著好幾人，享受優先登機權。這年頭照顧弱勢殘障，已成了民主社會努力的目標，可喜的是進入開發中國家的我們，人人皆能予以接受與尊重。

先登機後登機，那只是順序而已，根本毋需爭先搶道。坐飛機又不是搭公車，車滿了就拒載，飛機必要等全部乘客都登機坐穩了，才能啟航。一次聊天中，友人就透露讓機場廣播叫名要求趕快登機為丟臉之事，我想人人皆同此心，畢竟那不是一樁好事，而是壞事傳千里的惡印象。

等候登機時間很漫長，也難怪飛機誤點有愈來愈普遍的趨勢。在法治民主社會下，法律是人民生活的依據準則，但能夠法外有情，那才是民主的更高境界。當有一日，大家對一個眾目睽睽之下急闖紅燈的駕駛者，能給予同情理解時，那才是民主之至境。在法律素養之下，一個人會公開勇於違規，爭分搶秒闖紅燈者，必然事出有因。可能因那分那秒之差，他的人生故事就需改寫。人人若能做如此想，對那光天化日之下，還敢勇於違規，應視為有擔當之人，至少他做的不是偷雞摸狗之事。

隊伍慢慢往前移，我提起地上的行李，亦步亦趨的跟上。

「阿成！今晚是按怎樣？」

「哦……！給你恭喜哦！」

「啊！不過……，我人在臺灣……。沒辦法去咧！」

排在我後面的旅客，聲如洪鐘的講手機聲，就這樣大刺刺的貫進了我的耳裡。這年頭手機普遍，人手一機，沒手機的要算異類一族了。君不見只要是等候的區塊，尤其是年輕人，十個有八個是低頭族，自個兒陶醉在那小小的長方盒裡。候機室裡是，餐廳裡是，甚至捷運車廂裡，坐著低頭，倚靠車門低頭，單手扶吊環照樣能低頭。低頭一族已如春風拂過，鑽土露面的綠芽，遍山滿野綠一片，一望無際呵！

「泉啊！你在哪裡？」

「你有沒有候補上？」

「你也是四點二十分這班哦！」

「我跟阿成說我人還在臺灣，今天晚上不能去。」

看來是打給另一個人的第二通電話，正續接著前一通的前情提要，好奇心讓我聚精會神繼續聽下去。

「啊嘸？我們兩個都說人在臺灣，沒回去金門。」

「太累了，實在不想去。」話中有著濃濃的人在江湖，身不由己。

「記住哦！要說我們兩個都沒候補上，兩個人都在臺灣。」

一句句的私密串通，彷彿春蠶吐絲纏繭，一絲纏上一縷，一絲又一縷密密實實的，深怕一個疏漏，蠶結不成蛹，蛹化不成蛾。但那如雷聲般的謊言，卻像驚蟄夜晚隆隆雷聲，夾雜著劃破天際的閃電利剪，催喚著土中萬蟲蠕動破土，好晾在亮晃晃的陽光下。

人生！真是萬般無奈，有時連回家這條路，也充滿了無數的不確定啊！

2013/5/21 刊載於金門日報副刊

北捷事件

北捷隨機殺人事件，造成社會人心惶惶，議論紛紛，談論者個個驚駭恐懼寫滿臉上，有的甚至順勢比手劃腳兩下，宛如現場模擬重置。我和咱們家小姐，看著電視上老師、同學、家人哭斷腸，幾近昏厥的畫面，兩人也默默的頻抽面紙拭淚。誰知一路歡笑展顏的生命途中，突然無預警的驚爆晴天霹靂，瞬間造成白髮人送黑髮人，天人永隔，人生至痛，莫此為甚。事件發生前，我正好公差赴台，由於打尖住宿的旅館沒著落，只好借宿板橋三哥的家中，每天也一樣搭著板南線往返台北。三天後，竟然發生如此駭人事件，讓我也不由得嚇得渾身顫抖，驚懼萬分。

台北捷運在使用者方便的評價下，築建得好像地下密佈的蜘蛛網，輸送網線所到之處，即使只是規劃，需要多年之後才能通車，當地的房價也立刻聞風飆升上揚，它已成了台北人出門倚賴的交通工具。雖然對外地遠來的我而言，對它頗有微詞，搭乘前，總要先走上十數分鐘的暖身路程，才能鑽層入地的找到月台，搭乘前所花的時間，往往比在車上的時間還多；猶如生病候診，外頭等候的時間，總是比進入診間的時間多得多。在這個時間就是金錢的時代，浪費時間就是浪費生命，著實讓人很不能苟同。

但世事古難全，再完備的設施，總有它的缺失，這又是不爭的事實。

大姐讀大學時半工半讀，就在板橋打工，薪資不高，但老板提供膳宿，她每天搭火車往返板橋和師大，那時的板橋是多麼遙遠的一個地方。現在有了捷運，台北到板橋，不到半小時即可抵達。龍山寺到江子翠的時程，我曾按錶計數過，兩分半的車程，算是全程中最久的一段。對捷運雖有怨言，但不可否認的，它的班次多，不塞車，是個快速又讓人放心的交通工具。在車上閉目養神、滑手機的人居多數，甚至抹粉、描眼線、塗遮唇膏，當眾化起妝的人也有。即使不小心睡過站，下車再搭回頭車，票價一毛也沒多。

外國人曾讚譽台灣最美麗的風景是「人」，人文素養相當的高，從搭捷運走扶手梯，大家皆能有默契的靠右，把左側留給趕時間的人，就可想見這是一個文明的城市。長久居住在台北的高中同學，對板南線的車廂寬敞與穩定性，也曾讚譽有加。昨日的讚譽言猶在耳，誰知今日車廂與車廂間連通的方便，竟加劇了這次傷害的嚴重性。

殺人犯之所以冷血行兇，姑不論媒體報導是否有偏頗或誤導，造成如此重大的傷害，絕非一朝一夕結成的惡果，「冰凍三尺，非一日之寒」。面對小孩子無心的小過錯，我們可以睜一眼閉一眼略過，給予下次提醒即可。但能夠手持利刃，睜眼狂捅猛刺那麼多無冤無仇的人，他的內心必然是承載了過多的怨恨與冷血，人性中原本具有的「同理心」才被矇遮了眼。

生活水準的提高，貧苦日子才能培養出來的「勤勞、刻苦、惜物、同理心」，皆成了書本上的靜態語詞，缺乏真實生活的歷練，很多孩子成了四肢不勤、五穀不分的「媽寶」。如今要找能赤腳在外奔跑追逐，會攀樹爬牆的孩子已不多。電視播八歲的幼兒搶肉粽搏五千元的畫面，參賽者個個圓潤豐腴，膚白肉嫩的被媽媽擁在懷中，著實成了名副其實的「幼兒」。殊不知數十年前，在貧困生活的歷練下，八歲的孩子大多乾柴瘦巴，滿臉黝黑，個兒雖矮小，但成熟又懂事，每天揹弟顧妹，腳蹬矮凳洗鍋煮飯，洗衣、餵雞、養豬、牽牛，有操持不完的農務家事，猶如家中的小大人。

時代的腳步越走越快，知識爆增之下，人們學習的速度永遠追不上新事物的產生。後現代社會與現代社會交織的時代，多元價值、去中心化、人際關係充滿了不確定感，這是一個充滿「混沌」的世界。人類看似進化了，但個體成熟的年齡卻明顯的退化，因為不成熟，所以能永保一顆童心，這或許也是人類壽命得以延長的另一個因素吧！世事真難有個準，「禍福相倚」的道理自古就見真章。

教育在混沌社會的染缸裡載沈載浮，價值觀多元化分歧下，越顯見學校與家庭教育的艱鉅與重責大任，兩者缺一不可。面對如此駭人的北捷隨機殺人事件，除了讓人痛心疾首外，希望能喚醒學校與家庭重視每個孩子，帶好每個孩子，不放棄任何一個孩子。在團體社會生活愈趨密切與重要的現代，培養孩子將心比心的「同理心」，甚於課本上知識分數的追求，畢竟現在的社會大鍋湯裡，再也容不下任何一顆小小的老鼠屎了。

今日若只教好九十九個孩子，忽略了一個孩子，明日類似北捷殺人事件，仍會一再的重演，屆時付出的將不只是全民買單的社會成本，更重要的是人心的惶惶不可終日。

2014/7/18 刊載於金門日報副刊

媽寶

機場出入境大廳，午后，沒有熙來攘往的旅客。空蕩蕩的大廳，安靜得有點詭異，我們彷彿是走錯時空的過客。已是第四次進出這個很讓人放心的國家，「乾淨」、「有禮貌」是造訪過這個國家的人，為它傳頌的讚嘆。

突地，遠處一小綠點竄入眼簾，綠點越來越大，一群穿著綠色上衣的小學生走近，約四十人等，有男有女。有個兒嬌小，約一百三十公分而已；有高挑約莫讀五、六年級的，可以肯定的說是小學生混齡團體。除了隨行的三、四個老師，看不到家長的陪同。人人推拉著一個皮箱，各種顏色、款式都有，好像剛從旅行箱販賣店採購而出的團體。安靜有序的長排隊伍，兩個女老師殿後，瞇瞇的笑臉，竊竊私語說著開心事，前面的隊伍，好像不是他們的學生一般。

日本忍野八海遊客倒影

托運行李的櫃台開始作業了。年輕貌美的櫃台小姐，一身亮麗的制服，露著白齒笑著說「請下一位旅客」，微笑上揚的嘴角，讓人打從心底發出欣喜。一股暖流，剎那間，撫慰了我這顆即將離別的惆悵之心。微笑是燦爛的陽光，是世界共通的語言，所到之處，溫暖了每一個人的心。孩子推著自己龐大的行李，依序站在櫃台前，有禮的用雙手遞上自己的護照，再把行李扛上行李輸送帶，一點都不假手他人。站在一旁指點的老師，也只是點點頭，手勢指引孩子完成手續後，到櫃台前右方集合而已。三十六個小人兒，全部自己親手完成托運行李的手續。透過導遊溝通詢問之下，方知他們也是和我們搭同一航班，要到臺灣做四天三夜的遊覽。看著他們安靜有序離開的背影，我不禁感慨萬千，除了讚嘆日本教育的成功，也為自己半世紀在教育界的誠惶誠恐努力，感到心虛與汗顏。

幾年前，帶著相處六年的孩子，赴臺畢業旅行。孩子的興奮不言而喻，一顆久困牢籠欲飛的雀躍之心，是無法明白湛藍天空，隨時都會有烏雲暴雨掩至的危機，突發狀況總是讓人無法預知。隨行的家長不少，幫著推箱提包，不時叮嚀著孩子，不要這樣，不要那樣，要注意安全啊！有了家長的隨侍陪同，孩子少了在學校遵守團體紀律的安份，像初生之犢般的四處跳躍亂撞，無絲毫片刻的安靜。有些家長急了，大聲斥喝，但也只換來短暫的停歇。導師如我，一臉線條僵硬，一改過去隻身旅遊的興奮期待之情，心中如臨大敵般，時時安慰著自己，此行不求旅途愉快，但求一路平安而已。

孩子們張大著好奇的雙眼，猶如劉姥姥逛大觀園般。遊覽車上，導遊是一位多年帶團經驗的媽媽桑，擁有母親般的愛心與耐心，沿途苦口婆心的詳說細解，但「是誰一直跟我搶麥克風」責問之語，一直縈繞耳邊，道盡了孩子無心聽說的心情。用餐時，滿桌可口的菜餚，比之平時在家用膳，可說豐盛得太多，但孩子無心享用，最後還得領隊媽媽祭出強迫規定，配合湯匙轉圈圈遊戲，湯匙柄轉向誰，誰就得吃一口，直至盤中食物吃完為止。如此大費周章，雖然有違吃的健康原則，但食物才免於被倒進廚餘桶的命運，孩子也免背「暴殄天物」的罪名。

白天一整天觀光景點的遊玩，大人已累癱，但孩子們仍意猶未盡，飯店內，他們還準備徹夜不眠，來個通宵達旦呢！當然啦！這種小把戲，怎可能瞞過帶隊的導師和領隊？千叮嚀萬交代，今晚破例讓他們延後至十一點就寢，但言者諄諄，聽者邈邈。十一點巡房，個個安靜躺下，被窩猶如強力吸磁般，已把千斤萬噸的浮躁吸住了。但……，事情沒那麼簡單，巡房後腳才走，小鬼們馬上翻身躍起，進行他們的通宵歡樂計畫。如此貓捉老鼠遊戲，一夜總要上演數回，最後貓精疲力盡，只好棄械投降，讓老鼠宰制了整個黑夜。

如此幾天折騰，孩子們的情緒如初夏的寒暑表，愈演愈熾。大人們則經不起膽戰心驚，內心急如焚火，期待旅程能快快畫上句點，平安返家。終於，四天三夜的旅程結束了，孩子們拖著疲憊的身心回校上課，包括導師我。教室內，孩子個個眼神渙散，精神萎靡，書桌這回真的成了強力的吸磁，確確實實的把那一顆顆欲抬無力的頭，沈沈的吸住了。望著瀰漫著濃濃欲睡氛圍的教室，嘆息兼搖頭，也道不盡心中的無奈與感慨。

教育的本質是什麼？是人教人的志業，是教不成熟的個體，永保一顆善良的本心外，學得生活上應備能力，能思考，會創新，知所當為，知所當止。環顧當今複雜多元的社會，環境影響越來越大，教育的力量卻與日衰微。少子化下，「寶媽」的產生，過度的呵護與照顧，讓孩子永遠分不清當為與不可為的分際，這一代的「媽寶」於焉誕生。

2014/8/24 刊載於金門日報副刊

茉莉花

溽暑盛夏的南臺灣，記憶中應是艷陽高照，酷熱如火爐，可以將人烤曬成乾，但幾日的西南氣流豪雨，卻帶來了反常的陰涼天氣，部份地區甚至漫漶成災，臺南縣政府破例宣布了停班停課。若非因幾日的公差研習，我的腳步也不會走進這個以古色古香聞名的城鎮。街道騎樓下，高高低低，坎坷的台階落差，讓一條原本應是平坦順暢的行人走道，彷彿成了不吃青菜水果，堆滿宿便的大腸，也成了殘障者的禁忌之路。街角到處是丟棄的垃圾，隨風飄下的落葉，還有四處可見的斑斑檳榔紅汁，這個城鎮市民的文化水準，顯然的普遍不高。比起北臺灣的都會台北，這兒雖然保有一股淳樸憨直的民風，卻有著一段讓我無法放心融入的距離。

一早，撐傘搶過斑馬線，忙亂收傘，鑽入通往火車站的地下道。寬敞明亮的地下道，幾處還從頂上竄下水流，滴滴答答的弄得地上一灘灘的積水。在上班時段過後的此刻，地下道內，只有我，還有前面十步之遙的一位小姐。深入喉般的地下道中段，一位頭髮花白的阿伯，一身破舊衣裳，倚著牆，伸出右手，猛向我點頭，我的心頭一陣驚悚揪慌，望著前頭小姐直行略過，我亦步亦趨的慌亂緊隨。

突地，一陣歌聲傳來，在更前頭，另一位阿伯，白碎花上衣，頭戴一頂破草帽，腳下趿拉夾腳拖，應該已是在家安享天年，含貽弄孫的古來稀之齡。他彈著吉他，唱「……，芬芳美麗滿枝椏，又……」，啊！是「茉莉花」，歌聲是悽愴悲涼的，原本潔白芳香的一朵小花，如今宛如成了淪落街頭，四處飄泊乏人問津的流浪花，那應是年少青春校園，莘莘學子口中的清純歌曲，如今，竟是在人來人往的街頭，從一位年長者的口中緩緩唱出。

瞬間，少時美麗的青春夢幻，猶如空中五彩的氣球，「碰」「碰」「碰」的一聲聲，化為烏有。剎那，千絲萬縷沈甸甸的悲哀，漫天蓋地的迎面襲來。我的腳步由慌亂轉為躑躅，內心一股千軍萬馬的衝動，讓我想騰出一隻手，掏張鈔票，哪怕是張千元大鈔也在所不惜，再以莊嚴尊重的雙手，慢慢的放進阿伯腳前的打賞紙箱。但幾秒鐘的猶豫，前頭的小姐，已走出了我的眼界，我拾起滿心的激動和一臉的羞慚，急急尾追而去。

一整天的研習在惆悵悔恨中度過。隔天，踏入地下道前，我從皮包抽出兩張百元鈔，捏在手上。原來激情與感動是會因時間而褪色消退，澎湃洶湧的浪花也會隨潮汐起落而舞。一樣明亮的地下道，只聽得頭頂上轟隆隆經過的車聲，依然是默默穿行的過客兩三人，卻沒有了兩位阿伯的身影。原來世事沒有絕對，更沒有一定，坎坷的人生路，只有自己走到、看到、聽到，那才為真；短暫的人生舞台上，會與誰同台演一段愛恨情仇戲碼，永遠是一個撲朔迷離的答案。

研習最後一天，一樣的地下道，倚牆伸手的阿伯出現了，我放慢腳步，雙手忙亂的在皮包裡翻找，抽出一張百元鈔，遞給猛向我點頭的他，心中稍有舒坦之感，至少今天他能吃上一個便當。但……，另一位阿伯唱的「茉莉花」，今天迴響在哪個人來人往的街角？

走出地下道，燦笑的陽光，照著一個個陰暗的人影，沒有助人的喜悅，低落的思緒讓我的步履更加沈重。多少傳言？卑微的乞討人背後常有著不為人知的富裕；多少披著羊皮的狼，用騙術的行裝，鑽行在冷漠的人群，以捕獵人們身上僅存的一點溫情，用乞討得來的人間溫暖，以便穿錦衣、吃美食、蓋高樓。

謠言四處傳播著，如釀酒般的滲浸人心，很多人開始用冷漠掩藏一顆悲天憫人的初心，即便想伸出溫厚的手，撫慰那需要拉拔一把的人，也漸漸心冷乏力了。走過人生大風大雨，若不是為環境所逼，又有幾人願意淪落在街頭行乞？看他們一身污垢襤褸，餐風宿露，夜晚蜷曲在騎樓、天橋下，度過漫漫長夜，白天躺在公園的座椅上，或仆臥在街道旁乞討，居無定所四處為家，身上僅有的就那幾個破舊的塑膠提袋，生活看似懶散無憂，但那無根飄泊的日子，幾人願意？

「好一朵美麗的茉莉花，……，芬芳美麗滿枝椏，……」，它該是傳唱在充滿希望的青春校園，該是孩孫愉悅爸媽與爺爺奶奶的歡樂歌聲啊！

2014/9/29 刊載於金門日報副刊

輯四　隨思雜記

你昏了嗎?

有人說：「婚姻是上帝酒醉後給人類開的一個大玩笑。」姑且不管其立論是否中肯適切，根據從沒醉酒經驗的我理解，還是認為存有程度上的可信度。有人把一個人喝酒，從未醉到真醉，分成了三個階段：酒席開始的「我不會喝酒」，到席中「我醉了」，最後席末「我沒醉」。醉酒之虛實幻真，實頗費人猜疑，我想識得酒中趣的人，都會發出內心莞爾一笑。因酒醉而外顯出來的行為，因人而異，正如婚姻這個大玩笑，施於每個人的身上，應該也有不同程度的冷暖。千年流傳下來的男女婚姻問題，擾擾攘攘，紛紜莫衷，不論是何種制度，在時空背景的更迭錯置之下，讓解開「婚姻」這個問題的鑰鎖，成了人類永遠找尋不到的答案。

與高中同學許能珠攝於太武山頂

近年來出外旅遊，喜歡用一個置身度外的超然角色，觀察同團遊伴的外顯行為，並解讀其中內在的奧秘，成了沿途解悶的樂趣。同桌共餐的機緣裡，同團中年紀最長的夫妻，應都已上了古來稀之齡，偕伴遨遊了大半個地球，侃侃談起旅遊經，是一籮筐又一籮筐，絲毫沒有歇停的意思。每上一道菜，做先生的急忙挾滿自己的盤子後，又體貼的為身旁的老伴也挾滿一盤，大有撈回團費當仁不讓之勢。另一對年紀最輕，只知尚在讀博士班的年輕人，關係令人匪夷，不知是夫妻或情侶，女孩一直替男孩挾菜，而且口中喃喃唸著：「這個要多吃……，那個不要吃太多。」男孩不置可否的沈默不語，靜靜的吃著，女孩的嘴角與眼神，流露著宛若老媽一般的慈愛，我想每天離開旅館的行李打包，應該也是女孩張羅處理的吧！另一對中年夫婦，則各吃的，仿若是來自不同地方的遊伴，今天有緣同桌共餐而已。不同的互動模式，揭示了平日夫妻相處的關係模式。

婚姻中關係的互動，那是長久時間磨合培養出來的。一位手帕交好友，婚後生活幸福美滿，很少入廚洗手作羹湯的她，平日三餐，大多是老公張羅決定。屋內的洗衣打雜、家務整理，則是好友一手包辦。每次與他們夫婦倆共餐，只要桌上有蝦，不待老公開口，好友總是細膩的剝好，然後放到老公碗內，從未見好友老公親自動手過。如此溫柔的小女人，卻是一臉幸福洋溢，也常見她輕手為老公理梳髮絲，撫掉臉上的塵屑，夫妻之間恩愛的模樣，總讓我不禁想起樹上比翼鳥，共同梳理羽毛鶼鰈情深的畫面。

生活中，不乏幸福美滿的婚姻例子，但夫妻視如眼中釘的也不少見。婚姻制度原本就是為男人設計的文化產物，過去女人為了生存，聽任父母之命、媒妁之言，將一生的悲喜交付在男人手上，圖的是張一輩子的長期飯票。到了近代，男女雖因愛情而結婚，但只要走入婚姻，女人多半還是會失去自我，為家庭、孩子而迷失自己。何況再甜蜜的愛情，一旦落入了柴米油鹽的大染缸裡，最後終會變得索然無味，況且兩性關係一旦成了慣性，就不再有激情，加上人類喜新厭舊劣根性的助長之下，外頭帥哥辣妹的「精裝版」，永遠勝過屋內拙荊愚夫的「平裝版」，婚姻出現紅燈的頻率可想而知。但人類是異於禽獸的高等動物，在維護物種與倫理的捍衛下，婚姻制度有其存在的必要，而一紙婚姻的契約，卻緊緊的拴住兩顆栓不住的心，這種制度的利與弊是可預見的。

眾所皆知的回教徒一夫四妻，據說是為了解決戰爭造成女多男少的社會問題，如今在男女人口比例相差不遠與養育孩子的艱困情況下，已鮮見一夫多妻的婚姻。據聞中美洲的索西族兩性關係，婚姻則是一紙一年期的契約，期限到了便得履新，若一方不肯，婚姻關係便自動消失。若有了孩子，則歸母親，父親必須按時給付養育費。在婚姻關係日漸低迷的現代社會中，索西族這個原始村落的婚姻制度，倒是前衛得令人咋舌。

「婚，女昏也。」是我對「婚」字的解讀。亙古以來，男手捧玫瑰，送上鑽戒，高貴跪姿在女人面前，成了求婚的經典畫面。鳳求凰的戲曲經年演不盡，但婚姻的悲劇也不遑多讓，時有耳聞。牆外的對牆內分外好奇，牆內的則盡往牆外擠，這詭譎的婚姻關係令人撲朔迷離，女人「昏不昏了頭？」是其關鍵所在。一個點頭、一句「我願意」、……，鋪陳下來的是齣婚姻的喜劇或是悲劇？我想只有天知道。

周旁有很多已屆適婚年齡的友伴，可以感受到她們對婚姻的憧憬與徬徨，但旁人邊鼓敲得再響，也無助於為他們解套，畢竟人生有很多的事可以一人獨作自嚐，唯有結婚這事兒，需借助另一昏頭之人的力量，否則難成美事。女人們！「你昏了嗎？」

2010/3/11 刊載於金門日報副刊

夢正年輕

年靠半百，再進女人專屬的診間，想來也知，絕非為肚大傳宗之事，而是專為女人一生中第二個危機而來。季節交替之際，再加上Ｈ１Ｎ１流感肆虐之下，為了可大亦可小的生活困惱，再進那病菌滋多的醫院，著實在內心起了莫大的波瀾。最後決定口罩護身，警惕雙手不碰觸院內物品之下，毅然決然的，利用假日的一個早上空檔，來到了金門最大的醫療機構問診。

等候看診時間，永遠比看診時間漫長無數倍，懊惱與不耐，如波濤澎湃一次一次的衝擊，提醒自己要多注意身體健康，病痛是種身體

最後一屆任教的班級學生

有形折騰，但時間的浪費更是一種無形的虛耗，在得失之間，痛苦的何止是那向上天借來的臭皮囊？讓人扼腕的，應是比之更珍貴的時間啊！進得診間，只為口語上的諮詢，著白袍、個小五短的醫師，戴著一副眼鏡，有個陌生的名字，應是從洋的那一邊，渡海來助診的。一樣口罩護身，他偷得空檔坐下來，雖看不到臉上笑容，但語甚親切，第一句就問：「妳是〇〇〇嗎？」我點頭如搗蒜，他再追問：「妳真的是〇〇〇？」我歪著頭，抱著如假包換，一臉認真問：「有什麼不對嗎？」他釋然的笑出聲：「妳比實際年齡年輕太多了。」臨別前，他一反醫師應有的專業常識，竟把口罩取下，四十來歲的模樣，微髭的嘴角，似乎也在告訴我，他正年輕。

回程中，思緒如泉湧，回顧這一年來，單飛的日子，讓自己在人生的轉折谷口，嗅到了春天的氣息，一顆年輕澎湃的心也如彩蝶般飛翔起來，人生的得與失，已是難以斷定的答案。不獨週遭親朋好友，見了面都是一句：「妳越來越年輕了。」聽著聽著，耳根竟也麻木了，總想：稱讚一個人年輕，不也正意味著你應屬於老之一輩才是；也或許是應酬恭維之詞；再說事實之真相，絕不會因稱讚或貶抑，而有所增減啊！一顆平常心，讓我總是靦腆以對這些稱讚之語。直到今天稍早，騎車與兒子要去吃早餐的路上，碰到一個後來漸疏的高中死黨，正攜著兩個幼子下車。數年未見，我停下腳步，用著興奮聲調向她打招呼，她劈頭就是一問：「妳怎麼比以前還年輕？」簡短的一句，讓心情有了些許的欣喜波瀾。如今，一個渡海來助診的陌生醫生，一句「年輕」，更驗證其話的真實性，終於讓心情飛揚了半天。

有人說：「年輕」兩字，是售貨員最佳的利器，只要對購物者冠上「年輕」二字：「這件衣服穿在你身上，看起來很年輕」、「這雙鞋子讓你更年輕了」、「吃這個會讓你更年輕……」，貨品絕對可脫手而賣，可見「年輕」是多麼誘人的一件事啊！

「人生不滿百，常懷千歲憂」。人生也不過數十寒暑，用「白駒過隙」實不足道其匆促與短暫。外表的衰老，是時間殺手的殘酷使命，也是每個人難逃的宿命，但真正催人至衰老死巷的罪魁禍首，應是心中那把看不見的「憂」刀，它讓人足以把憔悴蒼老掛上臉龐，把老態龍鍾背在身上，所以永保一顆無憂的心，是使自己年輕的不二秘訣。多年前，一個年齡與自己相仿的同事，密密麻麻的手掌紋線，彷彿是一塊久旱龜裂的枯土，更像一張佈滿風霜烙痕的臉，找不到一塊光滑的掌肉，看相的說，那代表著人生閱歷的繁雜與愁苦。再看看自己清晰可數的掌中紋線，光滑宛若剛出世的嬰兒，是啊！人生已夠苦了，何必再為那困蹇勞頓的旅途雪上加霜呢？凡事簡單思考，凡事善念存根，凡事樂觀豁達，這何嘗不是使自己年輕的法寶？

「近朱者赤，近墨者黑」，說明朋友的重要性。多與年輕一輩，或樂觀開朗的友輩相處，在笑聲滿溢的生活裡，人不年輕也難。是上天的眷顧，終日周旋在乳臭未乾的小蘿蔔頭群中，若用大人的眼光來衡量他們所為，定有著「題題錯，事事非」的氣惱，若能放下身段，用他們的角度來平視，天地竟也寬闊起來了，原來小孩的世界，竟是這般的純真可愛。帶著隊都排不好的他們，到操場射紙飛機，場邊看臺上，一聲聲：「老師！我跟你比賽！」每人爭著拉扯我的衣角：「老師！我也要！我也要……」，瞧他們因跑上跑下而微喘、紅通通的臉頰，我應接不暇的頻頻點頭，摸摸他們的頭，射過一隻又一隻的飛機，彷彿帶著年輕的夢在空中飛翔，笑聲迴盪整個操場，一顆年輕的心也跟著起飛了。

永保一顆好奇、學習的心，更是使自己年輕的動力幫浦。把握每一個學習的機會，塑一個永斟不滿的知識空杯，讓每天的生活處處充滿驚喜。讀研究所時，教授舉過好學最深刻的例子，莫過於九十三歲的某知名長者，雖已屆入土之齡，卻常常拄著微顫拐杖，催促著家人說：「再不趕快，我上圖書館要來不及了！」那活靈活現的「活到老，學到老」的畫面，讓後生小輩的我們，能不感到汗顏嗎？相信近期頤之齡的他，應該也是一位永遠年輕的學者吧！

久違的朋友，下回碰到我，若再還是問：「妳怎麼越來越年輕？」我一定會回答你說：「我有回春藥丸數瓶，你要不要食用？」

2009/10/28 刊載於金門日報副刊

伴我走過迷茫

旭陽已把大地烘照得熱氣蒸騰，冗長的隊伍，緩慢的向前移動著，從每個人臉上散發出來的氣息，卻又是那麼的沈著與穩重。我來到台北中正紀念堂正對面的「國家圖書館」，為了搜尋研究的相關資料，不遠千里迢迢而來。多次造訪的我，終於見識到國家級圖書館的堂奧，心中更是有著無可言喻的震撼。

進入國家圖書館高挑的大廳堂後，巡視佈置在各樓層一塵不染與寬敞的圖書閱覽室，在那莊嚴肅穆的氛圍下，予人是如此的慎重與尊嚴；架上排列有序的琳瑯書籍，更是令人為之眼花撩亂而身感渺小；雖然沈浸在書海中的矻矻學者有如過江之鯽，但寬敞的座椅與貼心的設置，讓人置身其間，卻又是那麼的輕鬆自在，恍入無人的境界。我埋首於書堆中，翻遍

與乾妹陳則錞參加合唱團出遊廬山

架上整齊有序的書籍，工作看似如此的枯燥乏味，身影是如此的孤單寂寞，但我的內心卻是充滿了喜悅與滿足……。

小學是在鄉下的國小就讀。未識愁滋味的童年，跟同伴比賽的是誰的彈珠瞄得準？誰踢的毽子多？還有誰能不讀書卻能考試得高分？與書是完全的同性相斥體，生活中還有什麼比嬉戲遊玩更吸引人？「圖書館」這名詞在腦海中是一團迷霧，印象中，只記得老師常誇著全校唯一戴眼鏡的高年級學長，說他閱書無數，把圖書館的藏書都看遍了，並且在每本書後都做上了記號。但我絞盡腦汁搜遍回憶的封箱，仍是尋不到小學圖書館的藍圖，它位於何處？藏有哪些書？記憶的腦海裡，回應我的只是空白一片。大概是因為太貪玩了，課業荒廢不說，連課外讀物也了無興趣，更甭提「圖書館」這新鮮詞兒了！

上了國、高中，每天奔波於上下學的途中，鮮少有空餘時間去逛圖書館；放學回到家則是忙著分擔家務；假日裡，更是分身乏術於田間幫忙農事。與書接觸的機會，唯有那考試前的臨陣磨槍，教科書成了知識的唯一來源。那「為賦新詩強說愁」的荳蔻年華，總有載不動的許多憂愁。最喜歡在週記裡與導師談心話家常，聊起知心話，不寫個四、五頁是不干罷休的。那寫作的材料，來自同儕間互相借閱的小說、漫畫，一點也談不上什麼營養與學問。只記得學校中有規模不小的圖書館，除了藏書頗多外，尚有專責的圖書管理員。那是門禁森嚴的知識寶庫，沒有一點閒功夫和興趣的人，是無法徜徉其中，享受浩瀚書海浸潤的。

上了大學，讀的是夜校，半工半讀的就學生活，圖書館成了我搜尋資料，應付交作業的廉價知識販賣所。來匆匆，去匆匆的孤獨身影，常讓我打從心底羨慕起那些家境寬裕，不必為學費錙銖計較，能三兩成群倘佯在圖書館一整個午后的同學。也曾多次踏進校外的諸多圖書館，望著書架上那琳瑯滿目的書籍，有雜誌，有報刊，更有讓人愛不釋手的愛情小說，……。更多次望著館內服務人員那悠閒慵懶的閱書背影，心中暗下志願，將來要做一個圖書館管理員，把館內所有的藏書閱遍，做一個學富五車的飽學之士。

踏入社會，擺脫了教科書壓迫的夢魘後，在一所規模不大的小學服務，終於可以全心全意的選擇自己喜好的書籍來閱讀了。有一陣子迷上了柏楊的作品，逛書店買他的書，跑圖書館借他的書，成了生活中比吃飯還重要的事。那時才知道原來進圖書館借書、看書，也可以是一件很輕鬆愉快的事。任教的學校裡也有小規模的圖書室，但裡頭的藏書大多是以小學生為對象，諸如故事書、漫畫書、科學類的圖鑑、語文類的常識、……等，少則幾千冊，多則幾萬冊。但若不是為尋找適合小朋友的教學教材，我是鮮少到裡頭去晃的。有一陣子，自己竟然升官做了學校管理圖書的組長，圖書室裡的藏書在一夕之間，變成我的工作權責範圍。每天為組長份內其他的雜務忙得身心交瘁後，再望著那書架上與書庫內，向來就乏人管理的成堆零亂書籍，我總是杵在那兒發愣，一籌莫展的搖頭苦笑。自小立下做圖書館管理員的夢想，在頃刻之間就被摧毀殆盡。我終於明白很多事情「只可遠觀，不可近玩」的道理。也了解為什麼十個小朋友要養小狗，就有九個家長會反對的道理。像這類圖書館在圖書的運用上普遍並不理想，缺乏專人管理，無法讓圖書善盡其用外，小朋友閱讀的習慣仍未養成，也是主要原因之一。近幾年來，教育部推動全民閱讀活動，從幼稚班、小學紮根做起，這實在是一件令人感到振奮與欣喜的事。

如今卸下了學校圖書管理員的重擔，又可以自由自在的悠遊於自己喜愛的書海中。馬齒徒增的我，驚覺到人生苦短，更體會到「生也有涯，書也無涯」的道理，看書不能再隨興挑自己喜歡的書，而應有選擇。現在圖書館成了我搜尋資料的知識寶庫，它伴我走過每一次的迷茫，找到引航的燈塔。為了搜尋資料，我常不遠千里迢迢，舟車勞頓叩它的門，去拜訪它。

「學琴的孩子不會變壞」是一句耳熟能詳的廣告詞。但「愛看書的小孩不會變壞」，這絕對不是宣傳。古人說：「三日不讀書，面目可憎」，書除了可以豐富一個人的知識，更可以變化一個人的氣質。所以讓我們伸出雙手與書作朋友，再從內心發出熱情的呼喚，投入圖書館的懷抱吧！也唯有人人看書，個個愛看書，才能化暴戾為祥和，將我們的社會改造成一個知書達禮的書香社會。

2007/10/2 刊載於金門日報副刊

悸動

人生之遇，如天際之幻化，時而虹彩掛天，時而烏雲滿佈，時而晴空萬里，斑斕多彩，讓人驚動萬分；人生之味，如飲食之味，時而濃烈嗆鼻，時而甜沁心扉，時而酸澀欲淚，百味雜陳，讓人莫名所以。

·死之慟

生命如果可以重來，人生將更趨完美。如扮家家酒，這回我扮慈母，下次扮嬌兒；此生愛人，下輩被愛。扮演之角色，能輪迴更換，人生將得以更了無遺憾。但哀戚肅穆的氛圍中，那聲聲哀慟的呼喚，那句句真誠的懇求，卻喚不回那死別的殘酷事實。空盪的房間，景物依舊，但再也見不到那慈藹的

古寧頭雙鯉溼地自然中心荷花池

容顏，聽不到那聲聲噓寒問暖的關懷。不信今日與昨日的瞬息不同，更不信這人世的匆匆，是今生的最痛。

・心之甦

沈寂如古井般的入僧之心，在一趟心靈悸動之旅，如久錮的籠中之鳥，獲得了全然的舒放。引頸環顧四周之際，孩童般晶瑩好奇的眼眸，就如喜獲甘霖般的飢索。驀然回首，才驚覺到過往渾噩的遊魂日子，青春竟是不知覺的被大把揮霍。心之痛楚，讓感覺陣陣抽搐起來，深處之靈，終於獲得了甦醒，不再痲木，不再遊蕩。生活中的一草一木，一顰一笑，一事一物，皆能引起心靈的激盪，化為會心一笑或暗泣感傷的迴響。原來生命是如此的細膩與鮮活，生活是如此的可喜與豐盈。而今而後，用悸動之心靈，用嶄新的視野，重新聆賞這美妙的生命樂章。

・愛之悸

時而眉宇流露竊喜，臉上那抹暈紅，就如含羞待綻的花朵。多彩燦爛的耀眼陽光，照亮了心靈的角落；時而心底暗傷，盈盈欲滴的淚珠，難抹那憂傷的眼神。狂瀉似潮的淚雨，就如那帶雨的梨花，把心情帶至沈淪的深淵。不論是欣喜帶笑，或是神傷悲泣，全是愛的悸動啊！

．花之美

乍見她，是在一個偶然的黃昏，綠盈盈的一池子綠，碩圓錦緞般葉片上，滾動著一顆顆鮮盈欲滴的水珠，那綠讓人看到了生命之活力，臆想到了希望之喜悅。就那一大幅綠色水墨畫中，錯落著一朵、兩朵、三朵、……，含苞、綻放的花朵，有粉紅色的，有白色的，她們就如靜默的仙子，含情脈脈凝視你的到來，微風輕招，她才款擺著身子，笑盈盈的向你彎腰問候，讓人在聲聲驚嘆之餘，心曠神怡之際，宛如登於渾然忘我之界。

如著魔般，我每天總要去探視她，她讓我掃除了一天工作的倦怠，忘卻一日的煩憂。時間滴滴流逝，轉眼到了八月中秋送爽，滿池的綠葉，一片一片翻背，那綠，不再是艷得化不開的濃綠，已失去了那油油的翠，幾片褐色的葉背，幾枝灰黑色的蓮蓬，錯置在其間，花也漸零零落落，失去了那生之躍動的活力，一朵朵的凋零了。一股蒼老悽愴的悲涼，從心底破出，原來美是那天際稍縱即逝的雲霓，原來生命長河是在悄悄聲中走近尾聲的。

2008/11/17 刊載於金門日報副刊

人生有夢

從來沒想過要寫一本書。走的人生之路，常是借道順路，前人既已種了樹，就順藤攀瓜，如此而已。《半閒歲月半閒情》和《防空洞上的番石榴》兩本書，就在這樣因緣的媒合之下出版了，連自己也甚感詫異。

葡萄牙有句俗諺說：「人的一生，必須完成三件事：種一棵樹、生一個孩子、出一本書。」種樹容易；生孩子？地球上六十多億人口，找個情投意合的人共組家庭也不難；但出書呢？如何化思想為文字？將生活經驗蛻變成繪聲繪影的圖像？大部份的人皆歸因於是否具有天賦異稟，有人更說：沒有坎坷乖舛的命運，太過幸福平順美滿的人生，是出不了書的，是嗎？

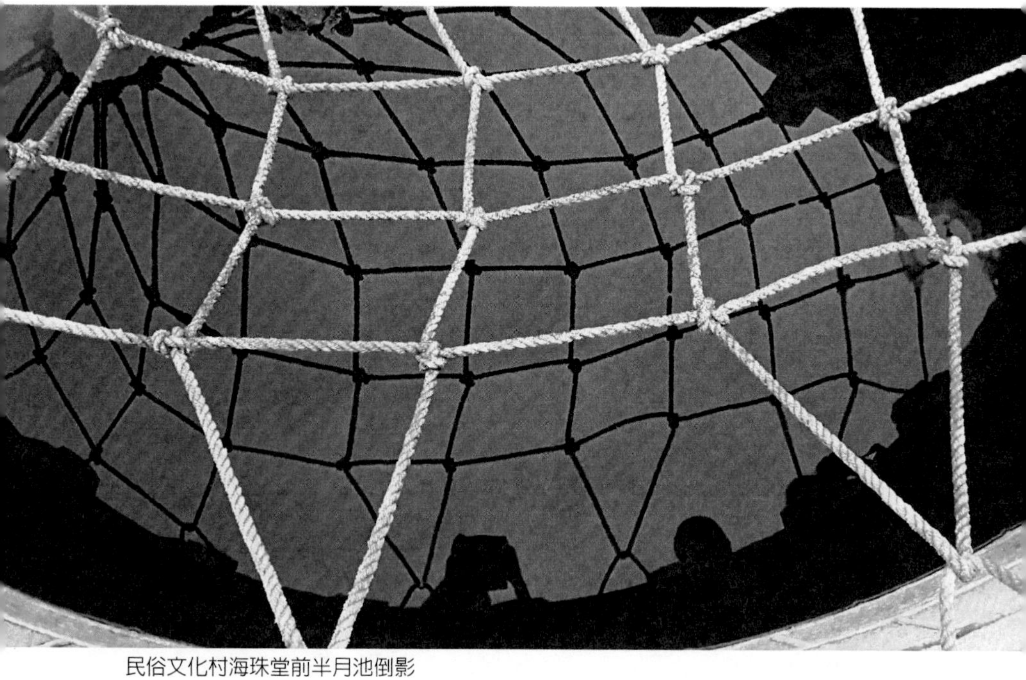

民俗文化村海珠堂前半月池倒影

「忙」常是一般人做事拖延的藉口，更是現代人最常掛嘴邊的字，彷彿一天中不吐幾個「忙」字，就不屬於這塵世人間。其實在「忙」字吞吐之間，工作不會因而增減，猶如外界對事物的評論，褒或貶都無增損事物的本質。進修在職專班研究所，未婚的女同學，用狐疑的口吻問我：「白天忙上班，晚上忙論文，妳還有時間寫稿？」她忘了我身兼老師和學生，還扮演母親的角色，每天蠟燭兩頭燒，工作絕不比一般人清閒。我也非三頭六臂，更未得上天恩寵，每天多得一分一秒可用。忙碌的工作，讓我仍像聽話的乖寶寶，每天按時睡覺，準時起床，未曾因考試或趕工而徹夜通宵過，除了老爸、老媽過世，輪班替他們守靈。

八歲時，一場瘖啞之病，休學在家，每天默坐家門口，望著來來往往的路人，塑造了沈默的個性，缺了尋常人的伶牙俐齒，卻練就了察顏觀色的本事。秉持一步一腳印，做事慣常用的是「土法大煉鋼」。大學初畢，上千頁的《詞彙》逐頁逐句逐字細讀，一個暑假啃蝕殆盡；年逾不惑再讀研究所，為了古今字作業，一本《說文解字》翻爛。常認為上天是公平的，有人住的是寬宅闊屋，氣勢宏偉磅礡，但門禁森嚴，反而設障自礙；有人居的是陋巷矮屋，但門敞窗開，滿室涼風花香，人生得失，自難論斷。有得必有失，有失必有得，是得？是失？端看仰視俯瞰角度不同而已。

一事成與不成？個性居關鍵因素。從小在文學的殿堂並未嶄露頭角，大學也非語文學系科班畢業，在家排行老么，從小備受父母兄姐呵護疼愛，人生之路走得無風也無雨，順遂得好像不是自己的路。年逾不惑，在林怡種大兄一次誤認為同學邀稿之下，竟開啟了寫作投稿的業餘工作，近十年的筆耕，《半閒歲月半閒情》於今年四月付梓出書。此書全是半閒餘暇，用生澀拙樸的文筆，捕捉半生歲月一路風景，因為啟的是半掩的心扉，敘寫欲語還休的閒情，因名「半閒歲月半閒情」。書中有童年生活的記趣，也有個人的心情抒發，當然也有身旁人物的描繪，更有旅遊各國的所見所聞，是屬較近期的作品彙集。

另一本《防空洞上的番石榴》在文化局補助之下，七月底也將面世。以寫作的時間先後而言，《防空洞上的番石榴》反而是較早期的作品。敘寫童年是一本讀千萬遍也不厭倦的書，有單打雙停躲防空洞、勇闖宵禁路障、軍訓打靶的篇章；有荳蔻年華隻身坐火車到高雄的驚險歷程；有夏夜看露天電影、夜宿屋頂、捉螢火蟲的詩章；有泥地上玩彈珠、跳繩、搶金塊的快樂時光；有海水廣告的電視節目、……。戰爭煙硝下的童年，猶如防空洞上的番石榴，在缺水貧瘠的環境，仍然能夠恣意滋長茁壯，結果纍纍掛滿枝頭，散發出果實成熟的甜香。猶如戰爭洗禮下的金門人，有著沈毅樸實、刻苦耐勞的個性，在世人心目中永遠佔有一席之地。

兩本書皆以金門為寫作背景，寫作水準雖未能躋身於作家之列，但「出一本書」的人生夢想竟然完成。這要感謝寫作這一條路上，金門日報編者、讀者對我的愛護與容忍，人生之夢才得以實現。事在人為，為與不為，存乎一心而已，因為「為」，所以《半閒歲月半閒情》和《防空洞上的番石榴》兩本書出版了。

2011/8/12 刊載於金門日報副刊

舊桃換新符

時序漸入夏，陽光普照，家家戶戶忙收冬衣、曬被，陽台上鋪滿了花花綠綠的大毛毯、重褥厚被。趁著假日整理衣櫃，端詳這件，撫摸那件，雖然每一件都有一個故事，但大部份都是乏善可陳的小故事，內容不外乎在哪買的？價錢多少？何時曾穿著過？只有少數幾件還藏著不為人知的故事，讓我陷入深深的沈思中……。

時下會裁製衣服的人，已成了保育類動物，裁衣縫裳的能力變成一種專業能力，不再為一般人所擁有。緣於購買現成衣裳經濟又實惠，款式應有盡有，材質樣樣齊全。但是滿櫥衣裳，件件體面合身，在季節更替或褪舊換新之下，來來去去，大部份都是一具具的衣屍。

以前女孩「大門不邁，二門不出」宅在家中縫衣刺繡，人人具備一雙巧手，是當時嫁作人婦最好的陪嫁品。讀小學時，幾個女生下課聚在一起，勾圍巾、織手套，兩支細木棒或一支針，一團織了又拆、拆了又織的毛線，成了我們手中的玩物。織好的成品，雖然難登大雅之堂，但穿線釘扣，縫線補洞的女紅能力，個個皆會。上了國中，男生有工藝課，鋸木頭、釘書架；女生有家政課，撖蔥油餅、搓粉圓冰，甚至縫製A字裙，雖談不上專業，但無所不學。縫紉教室裡數架老舊縫紉機，大家輪流踏踩，踩得滿室價價作響，但人人樂在其中。手腳笨拙的我，即使踩縫紉機，猶如挪搬關公的大刀，亦能將老師規定的作業如期交差。如今雖然沒練就縫衣作裳的能力，但穿針補釘縫扣的能力，一點也不用假手於人。

時代變遷，性別平等口號喊得震天價響。女兒讀國中時，開始學起修馬桶、拆換門鎖，兒子在高中時帶回十字繡的女紅，言明家務工作已不再分男或女，這是何等可喜可賀之事啊！但升學主義掛帥之下，這些藝能科在考試國度裡，仍然是被冷落一角的孤兒，雖已翻身不再侷限認養的主人是男或女，但灰姑娘每天仍是灰頭土臉，擦地、洗衣、作飯，無緣穿上玻璃鞋與王子共舞。兒子的十字繡作業，是我挑燈夜戰幫他完成的，必須熬夜準備隔天三、四科考試的他已分身乏術，哪有「美國時間」再一針一針的穿線刺繡？再說會不會刺繡重要嗎？孩子能不能考上理想大學才是比較務實的重點，想來實在好笑又可悲。

學校的藝能科淪落至此，就甭怪衣服脫線了，鈕釦掉了，孩子不會穿線縫補了。衣服需要修改，只要「錢爺爺」肯伸手援助，上街找裁縫師父就可搞定。何況過去衣服千釘百補的窘狀已難見，一件新衣在潮流的追趕下，常常未穿舊就被置換下場，要如忠僕永遠陪侍主人身旁，那是鳳毛麟角啊！會自己修改衣裳的人成了稀少動物，難怪每逢過年，修改衣服的一小爿店面，上門等候的顧客大排長龍，年底撈個大紅包，實屬輕而易舉之事。

每學年開學之初，繡學號的店面，幾臺縫紉機更是踩得昏天暗地，等候的長龍竟需勞動警察大人出勤維持秩序，一時傳為茶餘飯後的笑談。猶記得小時候讀書，制服的學號姓名，哪一個人不是自己一針一針縫繡上去？女生頂上的西瓜皮頭髮，哪一個人不是家中媽媽執剪的手藝？那時的人，雙手無限的巧，磨漿洗粽葉，炊糕裹粽樣樣精通；捉雞擒鴨，執刀割喉拔毛，無所不能。如今很多人，見了「小強」，嚇得尖叫聲震耳欲聾，要擒雞捉鴨，談何容易？何況是操刀見血之事？現代的人差使機器電器代勞，享受生活的便利並非壞事，但在「用進廢退」不變的真理下，一些基本的手藝都荒廢了，對人類未來面對的未知生活，那絕對不是件好事。

時代進步，人們往前追「新」的同時，也逐漸緬懷起「舊」的東西，對「古早味」的懷念有回轉撲來的趨勢。講究飲食衛生，採用免洗餐具的時代已成了過去，人們又開始返璞歸真的回到採用重複餐具，飲食店甚至打起了自備杯碗優惠的廣告。所以聽到摯友拎著鍋子上街買一杯咖啡時，那逗趣的模樣，就不足為奇了。小時候地瓜是給豬吃的粗食，一、兩元的賤價，讓家裡大廳的一角，總是堆滿了如山的地瓜，收成過多時，還得刨成地瓜簽儲存，地瓜煮地瓜簽成了當時令人嗤之以鼻的食物。如今地瓜被冠上健康食物，身價也大翻身，物以稀為貴下，上街買個三、五斤，還得精挑細選如擇婿，怕選了個「花心大蕃薯」，中看不能吃，那是多麼懊惱又傷荷包的事啊！

下回聽到阿嬤要煮一鍋地瓜簽配豆腐乳時，莫疑惑，並不是只有龍蝦、鮑魚方為珍品美味，其實只要口味對了，什麼都是美食。世上的人事物，何嘗不也是如此嗎？

2012/7/5 刊載於金門日報副刊

回不去了

天氣一年熱過一年，推究其原因，地球暖化是主因之一，另一個原因應該是人越來越不耐熱，經不起熱。其實熱與不熱是一種感受，感覺常因人而異，也是一種相對的比較，無所謂的對錯與好壞。

宜蘭冬山河童玩藝術活動

今夏氣溫飆升，氣象報告猛報台北高溫迭創紀錄，彷彿提示人們天頂上那枚毒辣的火球會噬人，街上出現猛虎野獸一般，出門需隨身攜帶槍棍武器，做好防曬工作，能不出門者儘量不要外出。從事戶外活動宛如上搏命戰場，非死即傷。

生活在四季分明的國度，一年三百六十五天，水裡來、火裡去的冷熱冷熱涮溜。冷時，弓背縮脖，身子還是直打哆嗦，上下門牙不聽使喚咯咯作響，身子虛寒的人，四肢更是凍如冰棍，硬把能穿的衣服都披上了，還是驅不走一身的「寒」意。熱時，身子像鍋上的蒸籠，猛竄熱汗炊煙，全身汗涔涔，把能脫的衣服都卸下了，嘴裡仍是不經意的冒出「好熱」兩字。偏偏人是有頭腦會思考的動物，常不自覺的就會扠指比較好壞起來。冷時，想著夏天伸胳展臂的好；熱時，又想著冬天暖抱棉被的幸福。人生事，不如意者能不十居八、九嗎？

已屆期頤之壽的大姨媽經年旅居新加坡，記得她體力尚可時，總是挑夏秋之季返鄉，視冬天為寇讎，避之唯恐不及。讀國中時，聽她說新加坡沒有棉被和厚衣，宛如天際響起一聲巨雷，猶如當頭一棒，嚇醒了我這隻井底之蛙。相反的，寒帶國家的人們，視短暫的夏季如稀珍奇寶。十幾度的氣溫，嚴格說起來，只能稍稍搆著初夏的邊，但他們歡欣鼓舞，如冬眠覺醒的動物，喜形於色的傾巢而出從事戶外活動，郊遊踏青或舉辦結婚人生大事；室外陽光咖啡座，更是坐滿了享受日光的人。不論四季調色盤少了春、秋、冬三色，或是獨缺夏季的洗禮，這道生活的五彩拼盤肯定是漏失不少色彩，人生的精彩必然也黯然失色不少。

四季冷熱輪迴轉，一年一年過，倒也處之淡然；就像對身邊的擁有總是不知覺，常視為理所當然。如今，預報氣象越來越精準，人的敏感度也隨之升高。幾天後的天氣都可預先知道一個梗概，說不清今天的天氣時，就以「比昨天熱些」或「比昨天下降三度」為詞。就像大部分人所以會看錶，只是在確定「我還有多少時間」，而不是把目光放在「幾點幾分」。習慣聽命氣象台的指揮後，除了氣溫之外，甚至連降雨機率、紫外線指數……，也搬上了關注的檯面。為了60％的降雨機率，敏感的人整天不敢出門，即使出了門，也急著返家。這種機率問題，談起來誠屬複雜，猶如被雷轟到的機會，

「有」與「無」皆是可能發生的結果，但是被打到與沒被打到之間的區別，又豈是幾個數字就可以說得清楚的？

今年金門被列為幸福指數最高的快樂縣市，從報導獲知，似乎擺脫不了與金門的福利好有關。經濟景氣不佳，造成生活的壓力，讓人們以生活擔子的輕重，視為評估是否幸福的標準，想來誠屬可悲。曾是世界幸福指數最高的快樂王國不丹，在一九六○年前，可說是完全與現代文明絕緣的國家，沒有公路，沒有電力，甚至沒有乾淨的飲用水，更甭談貨幣、郵政、電話，連像樣的醫院和學校也沒有。但它卻是人間夢想的快樂國土，因為它讓人們自己回到了心靈的故鄉。

其實養尊處優，才是人之大忌，但生活越來越舒適，讓人不養尊處優也難。每天犬馬似的努力工作，不就在求生活品質的更優？起居住行比之前更好？生活養尊處優之下，人們的胃口也因而越來越挑剔。就「熱」這檔事來說，沒電的年代，手搖蒲扇趕蚊驅熱，搖著搖著，睡著了，也就忘了熱。省電的生活，全家有台電風扇吹，就是一件幸福的事。吃飯時，電扇搬到餐廳；看電視時，電扇挪到客廳；夜寢時，電扇移到臥室。有了第一台冷氣，全家聚在客廳，看書報、看電視、做功課，其樂倒也融融。經濟寬裕後，冷氣一台台的安裝，客廳的人兒一個一個的少。入夜時分，一台一台的冷氣，像一個個疲憊不堪的奴僕，聲嘶力竭齊在室外怒吼著。屋外一團吵雜，室內人兒卻個個靜默冷寂。

一天夜裡，停電了。「好熱哦！」「沒冷氣，怎麼睡？」「睡不著啦！」「什麼時候才有電？」「是不是跳電了？」「拿手電筒來！我看看」「手電筒放哪裡？＊&◎……」「報紙有登停電預告嗎？」「看看隔壁是不是也停電了？」「要不要打電話問？」「我明天要考試呢！害我睡不好、考不好怎麼辦？」……。室內一片漆黑，一陣陣的抱怨怒罵，人心更是一團茫然無措，只因為我們再也回不去了……。

2012/8/21 刊載於金門日報副刊

真相

她又嗅得一絲腐味，一縷縷地，像懸遊空中的蜘蛛網，遊絲鑽入她的鼻孔，淡淡的，若有若無，用力吸，有一種絲纏的窒息。她的眼睛掃視整過辦公室，整齊有致的辦公桌，每張都是主人的私秘寶城，真不知那腐味從何而來。嗅覺特別靈敏的她，總是生活在五味雜陳中，情緒常被攪得莫名所以。她突然想起，辦公室裡的腐味不是今天才有的事，昨天工作一忙，就忘了那味道的存在。今天她下定決心，要好好的揪出那原形兇手。

陽光從窗口潑進來，忽隱忽現。她坐在椅上反覆尋思一會兒，決定挪動身子，移腳至各私秘寶城一探究竟。她雙手反剪身後，像遊逛大賣場一般，沒有買意的貨品，堅守不動手翻看的習慣，以避免帶回

珠山「頂三落」屋後巷弄

不想買的東西。辦公室不大，十幾張桌子，一眼就可以看出每天最早和最後一個離開的是誰。公文卷夾有堆積如山的，可以想像抽屜內，應該也是貨積滿谷；有乾淨如被強力水柱沖洗過，沒留下一絲蛛絲馬跡的，彷彿主人從沒來上班一樣。當然，用桌面情形來衡量一個人的辦公效率，那是沒一個準頭的。她深知這年頭「多元」的根苗已在社會每個角落發芽扎根，「尊重」的口號喊得滿天價響，連小學生都知道有一個叫「人本」的神，在暗中護著他，老師不能動棍拿刀碰他一根汗毛，但始作俑者的大人，又有幾人能遵守自己擬訂的規約？

她看到垃圾桶旁一束花，好像一群被棄置的流浪狗，在那呲牙裂嘴的發出悶悶聲音。幾朵鮮黃的月之友還鮮昂挺立著，現在卻隨著枯謝的玫瑰花，被棄置在垃圾桶旁。她才想起，幾天前張小姐訂婚了，男朋友小陳，除了每天早送晚接，桌上更是鮮花不斷，愛情的滋潤讓張小姐春風滿面，一臉幸福洋溢。訂婚後，張小姐更是花枝招展，如花園裡的蝴蝶，連走路也輕盈帶風送香。花仙子的祝福語，這幾天飄送了整個辦公室，表面上，整個辦公室都沐浴在張小姐的喜氣之中。但背地裡，心存看好戲的應該也不少。畢竟，婚姻不就那麼一回事，你儂我儂時，即使上刀山、下油鍋，兩情繾綣也要追隨到底；柴米油鹽枷鎖繫身後，「個性不合」成了生活的第三者。

辦公室繞了三圈，在這個沒人的午休空檔，竟然一點蛛絲馬跡都一無所獲。她有些氣餒，甚至對自己的嗅覺起了懷疑，莫非鼻子已不如從前，連香味與臭味都分辨不清，只獨留對那單一的腐味有感覺。猶如黑夜覓食的夜行性動物，不知道除了柔和月色以外，還有一個毒辣的太陽在白天裡耀武揚威。

她頹喪的坐回座位。又來了，那嗆鼻的腐味，像已舉行過婚禮，在空氣中生子衍孫。她生氣了，拉開抽屜，掰開桌下的櫃子，赫然發現底層一盒喜餅，紅艷艷的心形卡，還牢牢的貼在盒蓋上，是它，幾天前張小姐送的喜餅。沒錯，腐味就是從那盒喜餅發出來的。她一手把盒子拿出來，好像揪一隻死掉多日的老鼠，一手捏著鼻子，厭惡那盒子，像一個病入膏肓的潔癖者。

喜餅盒被甩棄在大辣辣的陽光下，她撿起盒蓋仔細端詳，離保存期限還有三天，但地上喜餅卻已佈滿蠕動的白蛆，一隻隻猶如冬眠被吵醒的蟲，不甘不願的。她怔住了，被眼前的景象嚇得喉頭一股酸水直湧上來，差點嘔了出來。沒錯，張小姐送喜餅時，全辦公室的人團團圍住的景象，彷彿才昨天而已。

她決定，今天見到張小姐，應該跟她討論這件事，或者抽空打個電話給陳媽媽，讓她知道，城裡還有一家厚道實在的喜餅店，下回她二兒子結婚時，可以作為選購的參考。當然啦！張小姐與小陳的結婚喜宴，她決定將禮金折半。

2013/12/18 刊載於金門日報副刊

是誰的錯?

在這個追求利潤報酬，「卡」來「卡」去的功利社會，頭腦精明的人，每天精打細算，連發卡扣帳日期都錙銖必較，唯恐吃了小虧，耗損了財源。雖然月底已近，仍交代孩子下個月的早餐錢，能拗到最後時刻，就最後一天繳吧！日子飛也似的，才身染「週一症候群」，期待的週休二日已悄然來到，讓人錯愕得不敢置信，世上真有「時間」這玩意兒？

一眨眼就到最後期限，還是有兩位小朋友忘記繳錢這檔事，這兩個孩子都不是上課人在心不在的教室「客人」，頭腦精靈得很，專注聽課中，總能挑出老師話中的漏洞，成績名列前茅。其中一個，更是品學兼優，儀表堂堂，是班上小女生喜歡

的對象。他一臉苦哀哀的來到我跟前，吞吞吐吐的說：「老師，……因為媽媽忘記了……。」話尚未說完，兩個紅了的眼眶，已噙了滿滿的淚水，一副委曲楚楚可憐相。

「媽媽忘記了……。」一理由冠冕堂皇得似乎足以揹掉他所有的錯，我看著這樣樣表現都出類拔萃的孩子，除了搖頭外，不覺感慨萬千。一片教改聲浪中，搖天撼地得好像足以再造教育的新氣象。想到不少家長，對教養孩子的錯誤觀念，還有從孩子身上，尋不到「負責」這兩個字的蛛絲馬跡，心中不覺憂心忡忡起來。如何才能一掃家長對教育的迷思，在孩子身上栽植「責任心」的根苗，還其教育的真實面？這真是一個值得大人深思的課題。

少子化的社會，家庭結構已不再像過去那樣單純。家庭功能呈兩極化，過與不及的家庭照護，讓孩子的人格也呈現兩極化，獨立跋扈和懦弱無能性格的孩子越來越多。很多孩子是父母鎖在眼皮下，捧在手心上的心肝寶貝。清早，幫孩子提包擒袋來學校，宛如隨侍奴僕，添粥吹氣餵食，侍奉孩子吃早餐，最後順手幫他洗完碗，才依依不捨回家的不乏其人。缺娘少爹疼愛的孩子也不少，課業、生活乏人指導照顧，遇到不忍心的好老師，每天課後陪寫功課，還開車護送他回家，那是他上輩子修來的福氣，但是……，老師能陪多久？

值得慶幸的，正常功能的家庭仍居多數，睿智明理的家長，教養孩子的知能與經驗絕不遜於老師，總能利用各種機會，與老師協調溝通，在親師默契下，孩子的學習與成長，有相得益彰的加倍效果。保護過度的寵兒也不少，孩子受了一點學習的壓力，或與同儕發生糾紛爭吵，怒氣沖沖就直搼校長室的大有人在。面對家長如此愚昧短視行徑，除了讓人大搖其頭外，對孩子又有什麼好處？

瞬息萬變又多元的社會，不同的家庭環境，有著不同的家長素質。面對一班來自二、三十個不同家庭的孩子，老師憑靠著那單薄、隨時需更新的教學專業，就要端出適合各種學生需求的「牛肉」，迎合各種家長挑剔的口味，教學不能盡如家長意，是意料之中的事。

「孩子好教，家長難搞」，這是多年教學後的深深感觸。發源於日本，近年來開始在臺灣植根發芽的「學習共同體」教學，明白揭示教育已不是服務業，教育應是老師、家長共同負起的責任，要營造教室裡的春天，已不能只靠老師的兢兢業業。親師沒有共同學習成長，找到教育孩子的共識，猶如同床異夢的夫妻，各人打自己的鼓、敲自己的鑼，曲調如何和諧？雙頭馬車的教育，犧牲的勢必是孩子的未來。

把學習的發球權還給孩子，才能培養孩子的自學力。把孩子的學習責任全攬在身上的大人，勢必培養出為了外在獎賞或怕被責罰而學習的孩子，猶如想吃紅蘿蔔的騾子和被抽鞭的馬兒，學習是被動與無趣的。當孩子犯錯時，把責任推卸給他人，「因為媽媽忘記了……」順當的成了脫口溜出的避過理由。

或許這條改變教育觀念的路，仍有一段頗長的時日要走。但「不怕慢，只怕站」，只要肯努力播種，收成之日必可拭目以待；冬天來了，春天還會遠嗎？

2014/4/14 刊載於金門日報副刊

「月蝕」的傳說

近年來由於科學進步，教育水準提升，即使是剛入小學的七、八歲孩童都知道「月蝕」現象產生的原因。那是因為地球運行至太陽與月球之間，造成太陽照射在月球上的光被地球遮隱的現象。過去民間普遍皆認為那是「天狗吞月」的現象，只要有月蝕現象發生，大家不分男女老幼，把屋內能敲打發出聲音的鍋、瓢、桶、……等，皆拿到室外敲打撞擊，希望能因發出「驚嚇」聲，使天狗放下即將入口的大餅（月亮）而逃，結果也都如人們所願，最後月亮總會慢慢的再重現光明，恢復原樣。以現在科學的眼光來看當時人們的舉動，或許會覺得民智的愚昧與迷信，但若以當時科學落後的程度來看，人們「敲擊驚狗」的舉動，實在是可諒解的。

除了「天狗吞月」的說法，在珠山《顯影月刊》裡尚有一篇有關〈月蝕的故事〉記載，據說還一時廣在金門民間流傳著，提供出來與讀者分享：話說在很久以前，月球裡住了一個仙子嫦娥叫阿姐。她在冷寂的月宮中，除了玉兔陪伴外，常是孤單一個人望著人煙稠密的地球，看著紅塵滾滾世界裡的凡夫俗子在苦海中掙扎、浮沈。

凡間不知那個地方，有兩個精怪誕生在各一方。經過無數年後，老精怪生下了一個兒子。兒子長大後娶的媳婦，湊巧竟是另一個精怪。兩個精怪起初彼此並不知情，緣於是婆媳關係，倒也相安無事過了好些年。她們兩個都隱藏著精明的「指算命運術」。有一天，婆婆為了要預知兒子和媳婦未來的命運，自己一個人獨自躲在房裡運用「指算命運術」算起兒子和媳婦的命運。算了老久，就是算不出媳婦的來歷。最後她一算再算，終於算出媳婦竟是院子裡那株桃樹化身—桃精。這不知還好，一知道媳婦是桃精化身，她的心裡起了恐慌。為了兒子的前途著想，她橫著心想，若不弄死這個精怪媳婦，兒子的生命實在堪慮，恐怕是不能延年益壽的。

於是她趁著媳婦到溪邊洗衣服不在家的時候，把兒子叫到跟前吩咐說：「兒子啊！立刻砍下院子裡的桃樹，因為那株桃樹是不會生桃子的，橫豎也是沒用，砍掉它，尚可以利用那個地方種些菜、攀些瓜，那不是更好嗎？」一向以孝順出名的兒子，平時對母親的話向來是言聽計從，這一次聽了母親的話，立即拿了斧鋸、繩子，不一會兒的工夫就把那株桃樹撂倒了，並且把桃幹和桃葉徹底的分了家。這時在溪邊洗衣裳的媳婦，不知怎的忽然昏倒在地，還差點栽下溪裡去，所幸被洗衣的同伴急忙救起，並把她扶回家去。

帶著一絲殘喘，媳婦這時才知道原來婆婆是掃帚精轉世，她用靈術也知道了自已致命的原因在於婆婆施下的毒手。她對著在一旁的可憐丈夫說：「連理枝遲早總要分離的，你也毋須過於悲哀，過去我們夫妻的情份，至今將付之流水！」她淚漣漣、喘著氣繼續說：「我死後求你念在這數年夫妻的情份，請你依我一件事，那就是把我的衣裳脫得精光，再解散撥亂我的頭髮，用一條白綢裙子穿束在我的腰圍，再削支桃劍握在我的右手，左手放把令旗。當棺木抬出大廳時，你即取掃帚一支，橫放在門階上，手持著菜刀，連喊帶劈砍斷帚柄，切記要一直叫著我的名字，直到埋葬了我為止。」媳婦一說完，就一命嗚呼，魂歸黃泉。

忠直的丈夫哀苦的哭泣，難過得滴水未進，所幸有母親的安慰，才得以稍解悲愁。為了安慰床頭人的靈魂，丈夫雖然不明白媳婦臨終前交代種種的原因，但他還是照辦了。橫在門階上的掃帚，在抬出棺的時候，猛力的劈斷。費了三、四小時的時間，把妻子埋葬完後，已是天黑時分。他回到家，一切寂無聲響，感覺特別淒涼，他心裡覺得事有蹊蹺，就大叫一聲：「母親！」誰知一點兒回應也沒有，這時他的心裡更感疑惑，急忙奔到母親房裡一看，簡直是晴天霹靂，不知為什麼，母親已是身首異處，而且血漬灑了滿地。兒子一看，只覺眼前一黑，什麼都不知道了……。

這時在月宮裡的仙子嫦娥阿姐，正姍姍地伸長粉頸望著人間大地，一條赤白色的光從遠處飛來，仙子一看，大叫：「喲！赤裸的女人，可怕的影子！可怕的影子！」嫦娥仙子越看越怕，況且那女人的手還持著桃劍令旗，頭髮是蓬亂的披著。於是仙子羞紅著臉，拔腳奔回玉厥裡，關緊門，不敢再探出頭，把那玉厥裡的光藏在重重雲煙裡去了。這就是古時造成「月蝕」現象的傳說。

2003/9/22 刊載於金門日報副刊

國家圖書館出版品預行編目

珠山兒女 / 薛素瓊著. -- 一版. -- 金門縣金寧鄉 : 薛素瓊, 2015.08
面； 公分
POD版
ISBN 978-957-43-2663-1(平裝)

855 104013994

珠山兒女

作　　者 / 薛素瓊
責任編輯 / 吳昀都
圖文排版 / 賴英珍
封面設計 / 蔡瑋筠
補助單位 / 金門縣文化局

出版單位 / 薛素瓊
印　　製 / 秀威資訊科技股份有限公司
114台北市內湖區瑞光路76巷65號1樓
電話：+886-2-2796-3638　傳真：+886-2-2796-1377
http://www.showwe.com.tw

ISBN 978-957-43-2663-1
2015年8月 POD一版
定價：300元